国家出版基金项目
NATIONAL PUBLICATION FOUNDATION

古代西南少數民族漢語詩文集叢刊·回族與土家族卷

總主編　徐希平
分卷主編　孫紀文
分卷副主編　王猛　楊學娟　丁志軍

巴蜀書社

南村詩集

〔清〕孫鵬　撰
孫紀文　彭容豐　整理

圖書在版編目(CIP)數據

南村詩集/(清)孫鵬撰;孫紀文,彭容豐整理.
成都:巴蜀書社,2024.12.—(古代西南少數民族漢語詩文集叢刊·回族與土家族卷/徐希平總主編;孫紀文分卷主編).—ISBN 978－7－5531－2306－6

Ⅰ.I222.749

中國國家版本館CIP數據核字第2024FG7753號

NANCUN SHIJI

南村詩集

(清)孫　鵬　撰;孫紀文　彭容豐　整理

策劃編輯	張照華
責任編輯	張照華　張紅義　白亞輝
責任印製	谷雨婷　田東洋
封面設計	木之雨
出　　版	巴蜀書社 (成都市錦江區三色路238號新華之星A座36樓 郵編區號610023) 總編室電話:(028)86361843
網　　址	http://www.bsbook.com 發行科電話:(028)86361856
經　　銷	新華書店
照　　排	成都木之雨文化傳播有限公司
印　　刷	四川宏豐印務有限公司(028)84622418　13689082673
成品尺寸	170mm×240mm
印　　張	16.5
字　　數	220千
版　　次	2024年12月第1版
印　　次	2024年12月第1次印刷
書　　號	ISBN 978－7－5531－2306－6
定　　價	120.00元

古代西南少數民族漢語詩文集叢刊

回族與土家族卷主編

孫紀文

回族與土家族卷副主編

王猛　楊學娟　丁志軍

回族與土家族卷編委會（參與整理人員）

孫紀文　王猛　楊學娟　丁志軍　李小鳳　左志南　梁俊杰　彭容豐

凡例

一、整理工作主要包括標點、校勘、輯佚、補遺等方面，除特殊情形需要説明外，一般不作注釋。部分詩文集於正文後增列附録，以利研究。

二、整理後的各集一般沿用原書名及原有編輯體例。有多個子集而無全集者，由整理者根據通行原則命名和編排；集名、體例不明者，由整理者確定體例，并根據通行原則重新命名。

三、各卷依據詩文集篇卷多寡確立分册。篇卷多者，可分多册；篇卷少者，可多人合册。

四、叢書統一采用繁體豎排，新式標點。

五、校勘工作主要對底本中的訛、脱、衍、倒作正、補、删、乙。校記置於篇末，記録异文及校改依據，一般不作考證，力求簡明。

六、俗體字、舊字形及顯見的刻抄錯誤，徑改而不出校。常見异體字不作改動，極生僻的异體字改爲規範字，必要時出校記予以説明。

古代西南少數民族漢語詩文成就及其意義（代序）

中國文學歷史悠久，少數民族文學同樣源遠流長。少數民族文學既有母語文學作品，又有大量的漢語文學作品，都是中華文學的寶貴遺産。早期的少數民族漢語詩文作品，或是少數民族作者直接用漢語創作，或是以本民族語言創作而翻譯成漢語并得以流傳。

中國西南地區族别衆多，少數民族文學成就巨大，但較少爲外界所知，這與其實際成就極不相符。抗戰時期，聞一多先生在參加湘黔滇旅行團指導采風活動時，尤其是在欣賞彝族舞蹈後認爲：『從那些民族歌謡中看出了中華民族的强旺生命活力，這種大有可爲的潛力還保存在當今少數民族之中。』爲此，他曾計劃寫一篇文章，標題下注明了發人深思的要點——『不要忘記西南少數民族』[一]，作出中國文學的希望在西南的判斷。其後，學界日漸重視西南民族文學和文化的研究，成果豐碩。

[一] 鄭臨川：《聞一多先生的中華民族文學觀》，《西南民族學院學報》二〇〇〇年第五期。

早在漢代，西南地區就與中原交往密切，武帝時期開發西南夷，司馬相如爲此積極奔走。蜀郡守文翁在四川開辦學校，以儒家思想教化百姓。漢唐時期，西南地區文學進入中華文學視野，且占有重要地位，所謂『蜀之人無聞則已，聞則傑出』。司馬相如、揚雄、王褒皆爲漢賦大家，陳子昂開闢唐詩健康發展之路，『繡口一吐，便是半個盛唐』的詩仙李白將詩歌帶到盛唐的頂峰。在這個大背景下，西南地區少數民族詩文創作也同樣被載入史册。東漢時期古羌人著名的《白狼歌》堪稱少數民族詩文最早的代表。據《後漢書·南蠻西南夷列傳》記載，東漢明帝永平（五八—七五）年間，居住在笮都一帶的『白狼、盤木、唐菆等百餘國，户百三十餘萬，口六百萬以上，舉種貢奉』，成爲祖國大家庭的一員。在與東漢王朝的交往中，少數古羌部落的首領創作了一些詩歌作品。其中，被譯爲漢文并傳至今日的就有著名的《白狼歌》（包含《遠夷樂德歌》《遠夷慕德歌》《遠夷懷德歌》），成爲中華民族團結、文化交融的經典之作。詩歌之外，還有少量散文作品，如三國蜀漢名臣姜維的書表，也可以視爲西南羌人的漢語創作。

我國西南本來就是多民族地區，氐、羌、藏、漢文化交流源遠流長。二十世紀八十年代初，馬學良主編《中國少數民族文學作品選》，全書共五個分册，共收入五十五個少數民族古今民間文學和文人文學作品六百餘篇，是新中國首部少數民族文學總集，影響深遠。其書序中寫道：

『回族、滿族、白族、納西族等，也早已産生了本民族的用漢文寫成的作家文學。』[二]其中南詔著名詩人楊奇鯤的《途中詩》，是該書所收録的最早的作家文學作品。該詩收録於《全唐詩》。楊奇鯤還有另一首題作《岩嵌緑玉》的詩，收録於《滇南詩略》。

除楊奇鯤外，南詔國王驃信作的《星回節游避風臺與清平官賦》和朝廷清平官趙叔達《星回節避風臺驃信命賦》二詩不僅韻律和諧，且頗近於隋唐王朝君臣同賦或大臣應制之作。兩詩與稍後的大長和國布燮（宰相）《聽妓洞雲歌》等呈現出西南地區烏蠻族漢語詩文創作之盛。此數詩亦皆被《全唐詩》收録。

據《舊唐書·吐蕃傳》載，貞觀十五年（六四一），松贊干布向唐太宗請求聯姻，文成公主出嫁吐蕃，吐蕃開始『釋氈裘，襲紈綺，漸慕華風；仍遣酋豪子弟，請入國學以習詩書』，又請唐朝『識文之人典其表疏』，漢藏交流十分密切。唐中宗時，吐蕃又遣其大臣尚贊吐、名悉獵等來迎娶金城公主。名悉獵漢學造詣頗高，《舊唐書·吐蕃傳》説他『頗曉書記』，『當時朝廷皆稱其才辯』，皇帝還給與特殊禮遇，『引入内宴，與語，甚禮之，賜紫袍金帶及魚袋』等。特别值得一提的是，他還參與中宗和大臣之間的游戲及詩歌聯句等文字娱樂活動。景龍四年（七一〇）正月五日，中宗移仗蓬萊宫，御大明殿，會吐蕃騎馬之戲，因重爲柏梁體聯句，當

[二] 馬學良主編：《中國少數民族文學作品選》，上海文藝出版社，一九八一年，第一頁。

君臣聯句將畢之時，名悉獵主動請求授筆，以漢語來了一個壓軸之句。其所作『玉體由來獻壽觴』，不僅表意準確，而且合於格律、平仄、韻脚，相較前面唐朝漢臣所作毫不遜色，令衆人刮目相看[一]。其詩至今仍保存在《全唐詩》中[二]，留下了最早的古代藏族人漢語詩文創作的珍貴文獻記録，也成爲少數民族漢語詩文創作的典型史料。

晚唐五代時期，回族先民梓州詩人李珣、李舜絃兄妹，漢語詩文創作成就甚高。李珣著有《瓊瑶集》，雖已佚，但仍存詞五十四首。作爲少數民族詩人，李珣得以躋身《花間集》西蜀詞人群，十分耀眼。李舜絃作爲蜀主王衍昭儀，有《蜀宫應制》等詩。這些均顯示出西南地區民族文學漢語創作的成果。

宋遼金元時期，西南地區與各地少數民族漢語詩文創作都有了進一步發展。居住在四川成都的鮮卑族後裔宇文虛中及其族子宇文紹莊堪稱代表。宇文紹莊有《八陣圖》等詩傳世。西南大理國白蠻貴族的漢語修養很高，段福爲國王段興智叔父，創作有《春日白崖道中》等詩作，大理國亡時，曾奉元世祖命歸滇統領軍事。元末大理總管段功之妻阿蓋公主本爲蒙古族，所作《愁憤詩》書寫其與段功的愛情，情感真摯，是他們凄惻動人愛情悲劇的原始記載。

[一]（後晉）劉昫：《舊唐書》，上海古籍出版社，一九八六年，第六二七頁。
[二]（清）彭定求編：《全唐詩》，上海古籍出版社，一九八七年，上册，第二五頁。

明清時期，少數民族漢語詩文創作有了極大的發展，不僅作家數量倍增，而且有了大量的個人詩文集傳世。中國社會科學出版社二〇一四年出版的多洛肯《元明清少數民族漢語文創作詩文叙録》著録極爲翔實，大略統計古代西南地區各少數民族作家漢語文集上百家，雖然亡佚不少，但現存的也還有至少八十餘家，其中不乏一些在全國有較大影響的作家，還有許多屬於文學家族。如納西族木府土司木公、木增家族，木公有《隱園春興》《雪山庚子稿》《萬松吟卷》《玉湖遊録》等；雲南白族趙藩爲著名的『武侯祠攻心聯』作者，有《向湖村舍詩》（初、二、三集）；貴州布依族作家莫友芝被稱爲西南巨儒，有《莫友芝詩文集》等。但目前僅有少量的作家文集被整理過，大多數尚未整理，這極不利於對少數民族文學成就的認識、評價和深入研究。近年出版的一些大型叢書，如上海古籍出版社二〇一〇年出版的《清代詩文集彙編》（四千餘種），國家圖書館編、國家圖書館出版社二〇一七年出版的《清代詩文集珍本叢刊》（一千三百六十七種），收録清人别集數量十分可觀，但少數民族漢語詩文集數量有限。其中一個重要原因便是少數民族漢文資料總體上較爲零散，古代西南少數民族漢文别集尤其難覓，缺乏整理。因此，有必要對相關情况予以探討，以便於進一步的整理研究。

西南少數民族漢文文集文獻整理和研究，已取得一定成果，但總體而言，相關研究還是較爲薄弱。無論是稿本、抄本還是刻本，多未揭示和整理，散於各處，既不利於深入研究分析和總體評價，也不利於民族文獻的保護和傳承，需要整合力量，加大力度發掘整理、搶救保護。

西南地區的少數民族中，大約有白族、納西族、彝族、回族、土家族、布依族、侗族等九個民族有漢語詩文集，其中尤以白族、納西族、彝族和回族較多，其詩文集主要留存情況如下。古代白族作家現有二十四人近四十多部詩文別集存世，大概有近二百五十萬字的文學作品。納西族詩人及文集，明代主要是木府家族。首先是木公（總八百七十三首），其次爲木增，此外是木青，有《玉水清音》。清代則有楊竹廬、桑映斗等二十餘家納西族詩文集。彝族詩文集較多，主要有左正、左文臣、左文象、左嘉謨、左明理、左世瑞、左廷皋、左章照、左章曬、左熙俊等左氏詩文集，高光裕、高奣映、高厚德等高氏詩文集，余家駒、余珍、余昭、余一儀、余若瑔等余氏詩文集，還有魯大宗、禄洪、李雲程、安履貞、黄思永詩文集，等等。回族作家作品比較多，有沐昂、馬之龍等十餘家詩文集。土家族、羌族、布依族、苗族、侗族作家數量雖不多，但有的影響不小，如莫友芝、董湘琴等，都值得深入研究。此外還有少量少數民族作家文集已散佚，如前面提到的宋金時期的宇文虚中等。

西南各民族漢文别集文獻整理與研究具有十分重要的學術價值和深遠的現實意義。西南各少數民族伴隨着中華民族繁衍交融的足迹生生不息，豐富的少數民族文學不僅是中華民族文學寶庫中不可分割的一部分，更蘊藏着其歷經憂患却綿延堅韌、不失特色的生存密碼。西南地區各族文學不僅與漢文學關係密切，而且各民族文學亦互相滲透和影響。如被譽爲明代著述第一人的四川著名詩人楊慎後半生基本居住於雲南，他不遺餘力地推薦、介紹木公等雲南作家，對西南民族地區文化交流傳播和漢語詩文創作起到了促進作用。由此也可以探討中華多民族文學相互影響和促進發展的過程與普遍規律，同時對各民族對漢語的巨大貢獻，以及漢語文包容多元文化、作爲多民族文化内涵載體的特性和凝聚各民族智慧結晶重要價值等也會有新的認識。中共中央辦公廳、國務院辦公廳於二〇一七年一月二十五日印發《關於實施中華優秀傳統文化傳承發展工程的意見》，指出文化是民族的血脉，特别提到要加强少數民族語言文字和經典文獻的保護和傳播，做好少數民族經典文獻和漢族經典文獻的互譯出版，實施中國民間文學大系出版等工作。因此，全方位清理整合西南各民族漢文别集文獻，對於民族文學史料學學科建設和民族文化保護工作，尤具有特殊的意義。這對增進世人認識瞭解豐富的民族文化與文學成就，搶救和保護民族文化資源，探索民族文學繁榮發展的有效途徑，促進中華民族團結與現代社會和諧發展，都具有十分重要的學術和應用價值。

有鑒於此，我們組織申報了《古代西南少數民族漢語詩文集叢刊》國家社科基金重大招標項目，并獲得立項。本課題首次對西南少數民族漢文文學文獻做了全面系統深入的爬梳、搜集和整理研究，展現其創作成就，説明少數民族文學創作與漢文學之間密不可分的内在聯繫和交叉影響，展示其對中華文化的突出貢獻，并以其依托漢文傳承文化的富有典型意義的綿延發展歷程，爲民族文化保護提供借鑒，也爲中國古代民族文獻整理和當代文學繁榮發展探索有效途徑。

課題目標主要是提供最爲全面的西南少數民族漢語詩文集，爲進一步研究奠定基礎，加深對『一帶一路』背景下南絲綢之路和茶馬古道區域内各民族文化交融的認識，發揮保護和搶救民族文化遺産的重大社會效益。

西南各民族文獻現存情况較爲複雜，各族别文集數量差异較大，極不平衡，文集版本也很混亂。除少量文集當代曾初步整理之外，大多僅存清代或民國刻本，還有一些爲稿本和手抄本，大多不爲外界所知，主要散見於西南地區各圖書館和私人手中。同時，各家文集普遍存在作品收録不全的情况。課題涉及面廣，困難不少。别集的普查，作品的輯佚、校勘，部分古代作家族别歸屬的認定，文字的考訂等，都是課題難點所在。對於各種學術争論歧説，我們本着嚴謹的科學態度，不武斷，不盲從，盡力作實事求是的考辨，力求言之有據，推動學術進步。在此基礎上盡力做成最完善、最全面、集大成的西南少數民族漢語詩文文獻叢刊。

按照歷史區域文化概念，我們原則上搜集詩文的地域主要包括今四川、雲南、貴州、重慶和西藏五省區（不含廣西地區），時間一般爲清末以前，作者身份判别根據出生地、籍貫、歷史淵源、習慣定勢等因素進行綜合考量。每種文集皆校勘標點，并附簡短的叙録。根據各族文集存佚數量情况分爲白族卷，納西族卷，彝族卷，回族與土家族卷，羌族、苗族、布依族、侗族及其他各族卷等五個分卷，分别由西北民族大學多洛肯教授，麗江師範高等專科學校楊林軍教授，西南民族大學曾明、孫紀文、王菊教授擔任子課題負責人。湖北民族大學文學與傳媒學院丁志軍博士除承擔土家族相關詩文集的搜集整理工作外，還參與了點校凡例的起草與修訂。寧夏大學和西南民族大學古代文學、古典文獻學專業的部分教師和碩、博士研究生也參與了課題研究。巴蜀書社張照華先生自課題開題即全程參與，認真審讀書稿，提出許多建設性意見。中國社會科學院學部委員、文學研究所所長劉躍進研究員，國家圖書館原館長詹福瑞教授，《民族文學研究》原主編湯曉青研究員，中國社會科學院民族學與人類學研究所聶鴻音研究員，教育部『長江學者』特聘教授、西北大學李浩教授，教育部『長江學者』特聘教授、北京大學廖可斌教授，西華師範大學伏俊璉教授，福建師範大學郭丹教授，四川師範大學趙義山教授等著名學者給予本課題精心指導和熱情鼓勵。在此謹對付出辛勞和提供支持與幫助的所有朋友致以最誠摯的謝意。

由於各種主客觀條件所限，本課題難免存在一些不足，版本的選擇及文字的校勘等也不盡如人意，希望能够得到專家的批評指正。

徐希平

二〇二〇年十月三十一日於西南民族大學武侯校區宿舍

分卷前言

二〇一七年，由徐希平先生主持申報的課題《古代西南少數民族漢語詩文集叢刊》獲批國家社科基金重大項目。項目的獲批對於古代少數民族文學研究而言，無疑起到了非常重要的支撑作用。本人忝爲子課題《古代西南少數民族漢語詩文集叢刊·回族與土家族卷》的負責人，深感責任大、任務重，故與課題組的各位老師齊心合力，共謀課題研究之路徑，力求早日出成果。如今在巴蜀書社的鼎力支持下，相關的研究成果會陸續出版，欣喜之餘，就這兩個民族詩文創作的風貌略作交代。

在中華民族多元一體的歷史文化進程中，有着兼收并蓄之胸襟的各少數民族作家創造了既屬於自己民族、又屬於中華民族大家庭的燦爛文學。遠離政治文化中心的西南地區，也以其獨特的地域風貌滋養着一批批卓有成就的回族文人和土家族文人。他們的創作既表現出與中國古代『詩騷』『風骨』等文學與文化精神相融通的思想旨趣，又呈現出鮮明的地域特色和獨特的藝術審美風貌。

古代西南地區的回族詩文創作，可謂善於把握中國古代文學發展的歷史脉絡，不斷吸收漢語詩文創作的經驗，涌現出一些名家名作。早在五代時期，回族先民李珣便以自己不凡的創作成就，獲得了很高的文學聲望。李珣，字德潤，著有《瓊瑶集》，惜已散佚，王國維編成輯本《瓊瑶集》，録李珣詞五十四首。李珣被列入『花間詞人』之中，他的富有娱樂性質的小詞被前蜀後主所賞，作品被詞家相互傳誦。李珣之妹李舜絃是五代時期爲數不多的會作詩的嬪妃之一，也是有記載的中國第一位回族女詩人，惜其作品大多失傳，今僅存詩四首。經過宋元兩朝的發展，回族文人逐漸融入中華文化之中，尤其是到了明代，回族作家也都熱衷於成爲儒家文人，故而，明代回族文學也迅速發展。同時，由於文教的日益成熟，西南地區涌現出一批風流儒雅的回族文人，如沐昂、孫繼魯、馬繼龍、閃繼迪等人。沐昂，字景高，作爲明代前期雲南政壇上的領軍人物，其所取得的政治成績是顯著的。而作爲一位文人，他剛健、曠達的作品風格則十分引人注目。不論是抒發理想抱負、針砭時弊、關注百姓生活，還是描寫自然風光、與人交游唱和，都表現出其高潔的人格、豪邁的氣度與曠放的情韻。有《素軒集》行世。沐昂作爲雲南地區重要的文學領袖，主持編纂的《滄海遺珠》，收録大量與雲南有關的文人作品，可謂是明代文學的一顆明珠，對保存西南地區的文人創作風貌具有十分重要的意義。孫繼魯，字道甫，號松山，《滇中瑣記》評曰『觀其詩文，大都雄古道勁，適尚其爲人』，著有《破碗集》《松山文集》，惜已散佚。馬繼龍，字雲卿，號梅樵，著有《梅樵集》，已佚，《滇南詩略》録其詩六十八首。閃繼迪，字允修，著有《雨岑園秋興》《吴越吟草》，均已佚，《滇南詩略》存録其詩六十餘首。他的詩歌多有懷才不遇之慨，詩作格調較高。閃繼迪之子閃仲儼、閃仲侗均有詩名。閃仲侗，字士覺，號知願，著有《鶴和篇》等。清代是回族文學的繁榮時期。清代日益濃厚的爲學爲文風氣也影響到回族文人，這一時期的回族文學與整個文學發展的大潮流密切相隨，即便是在西南地區，也不乏著名的回族文人。孫鵬是孫繼魯六世孫，字乘九、圖南、鐵山，號南村。他的詩作着重意象描寫，意境開闊，想象奇特，多寫山水田園，展現西南地區特有的自然風光，詩風清新明快。李根源在《刊南村詩集序》中評曰：『英辭浩氣，磊落出群，有不可一世之概。』『氣韻格律，宗法盛唐，間摹漢魏，歸宿子美，昌黎爲近。』孫鵬的散文創作也十分出色，論説文見解獨到，議論不凡，叙事寫人則娓娓道來，情感真摯。《雲南叢書》收其《少華集》《錦川集》《松韶集》，合稱《南村詩集》。馬汝爲，字宣臣，號悔齋，以綿遠醇厚的詩風享譽詩壇，他的散文清麗纖綿，頗具駢儷色彩，有《馬悔齋先生遺集》行世。李若虚，字實夫，他的詞作在清代詞壇中獨具特色。他以卓越的藝術表現手法，爲後人留下了許多真實再現西南邊疆和藏地風貌的獨特作品，有《實夫詩存》和《海棠巢詞》行世。馬之龍，字子雲，號雪樓，他的詩歌簡峭入古，樂觀豪邁，多紀游山水，有《雪樓詩鈔》傳世。沙琛，字獻如，號雪湖，又號點蒼山人。他爲官期間，頗有惠政，審理重案時得罪上司，獲罪戍邊，因萬民請命，感動皇帝，得以奉親歸里。家鄉滇西北旖旎的自然風光成爲他寄情物外的環境依托，多紀游山水、與人唱和之作。也正是這樣獨特的外部環境和其自身的性格特徵造就了他的詩歌多采用即景抒情、吞多吐少、欲放還收的藝術手法，具有高韻逸氣和幽潔之思，有《點蒼山人詩鈔》行世。除此之外，古代西南地區還有許多回族文人，因他們的作品傳世較少，而不被世人獲悉。如馬玉麟所著《静觀堂稿》，已佚；馬鳴鸞所著《密齋詩稿》也下落不明；賽嶼著作繁多，有《夢鼇山人詩古文集》等，可惜這些作品大多已失傳，現在衹能在《石屏州志》等方志文獻中看到他的遺詩遺文。

古代西南地區的土家族詩文創作，可謂善於借鑒歷代漢語詩文創作的成就，不斷豐富創作内容。土家族主要聚居於渝東南、黔東北、鄂西南、湘西北的廣大地區，其中渝東南、黔東北屬於西南地區。這一地區，歷史上曾長期由土司統治，冉氏、陳氏、楊氏、馬氏和田氏是這一區域的土家族土司代表。改土歸流以前，由於統治者要求土司繼承人必須入學接受漢文化教育，以及土司自身對漢文化的嚮往，一些土司家族開始形成前後相繼的家族文人群體。這個群體普遍有較高的漢文化修養，具備用漢語文進行書面文學創作的能力。渝東南土家族漢語詩文的興盛，實肇端於土司文人的創作實踐。根據現存的文獻記載，大約在明代中期以後，以酉陽爲中心的冉氏土司家族，開始出現能文善詩的文人，先後有冉雲、冉舜臣、冉儀、冉元、冉御龍、冉天育、冉奇鑣、冉永沛、冉永涵等文人從事漢語詩文創作。其中曾經結集流傳的有冉天育的《詹詹言集》、冉奇鑣的《玉樓詩卷》和《擁翠軒詩集》、冉永涵的《蟪蛄聲集》，今俱不存。清代改土歸流以後，酉陽設直隸州，轄酉陽、黔江、彭水、秀山諸縣，酉陽冉氏土司雖不復存在，但冉氏家族的進一步繁衍，使得家族文脉得以延續，涌現出更多優秀文人，且多有詩文集刊刻傳播。如冉廣燏有《寓庸堂文稿》《二柳山房雜著》等；冉廣鯉有詩集《信口笛吟草》；冉正維有《老樹山房文集》《醒齋詩文稿》；冉瑞嵩著有《大酉山房集》；冉瑞岱著述甚富，有《二酉山房隨筆》等；冉崇文爲清末酉陽冉氏文人中最有成就者，著有《二酉山房詩鈔》等；冉崇煃有《雨亭詩草》；冉崇治有《容膝軒詩集》。以上所列詩文集今俱未見，但部分詩作由馮世瀛選入《二酉英華》。改土歸流之後，官學教育和科舉考試的普遍推行，加之冉氏與陳氏、馮氏、田氏等家族互通婚姻，使得這一時期的土家族詩人群體更加龐大。如陳氏家族有陳序禮、陳序樂、陳序川、陳汝燮（原名陳序初）、陳宸（原名陳序遹）、陳景星等代表人物，他們皆有詩集，其中陳汝燮《答猿詩草》，陳景星《疊岫樓詩草》，陳宸、陳寬《酉陽陳氏塤篪集》，均存民國印本。田氏家族以田世醇、田經畬爲代表，前者有《卧雲小草》等，後者亦有詩集，惜未見傳本。馮氏家族以馮世熙、馮世瀛、馮文願爲代表，其中馮世瀛爲酉陽名儒，是清代後期在經學、文學上均有很高成就的土家族文人，有詩集《俟蟲吟草》，今存同治刻本。此外，土家族名醫程其芝有《雲水游詩草》存世。石柱馬氏土司家族中，能詩善文者亦復不少，但在漢語詩文的創作成就上要遜色於酉陽冉氏，秦良玉、馬宗大以及土司舍人馬斗熺、馬湯等人是其中的代表人物。馬斗熺曾有《竹香齋詩集》結集傳播，後散佚，乾隆間流官王縈緒又輯録《竹香齋拾遺詩稿》傳世，今未見。改土歸流之後，石柱冉氏文脉亦得到傳承，有冉永燾、冉永爕、冉裕垕等代表，惜無别集流傳。秀山楊氏土司家族歷來多軍功卓著者，文人則不多見。改土歸流前，楊氏土司家族尚無在漢語詩文創作上有所成就者。乾嘉以降，平茶楊氏土司後裔、果勇侯楊芳及其子孫輩多文武兼擅，不但從事漢語詩文創作，而且多有作品集流傳。楊芳有《錫羡堂詩集》刊行，後其孫又輯有《楊勤勇公詩》；楊芳子楊承注有《楊鐵庵詩》；楊承注子楊恩柯有《陶庵遺詩》；楊恩桓有《卧游草》。《楊勤勇公詩》《陶庵遺詩》《卧游草》尚有抄本存世，《錫羡堂詩集》《楊鐵庵詩》今未見傳本。黔東北在明以前爲田氏土司所統治，因思州、思南土司在明初相攻仇殺，朝廷遂廢這一區域土司，置流官，建官學、興科舉。因此，明初以後的黔東北，實已無土司家族存在。這一地區的土家族漢語詩文發展，大約與渝東南同步，正德以後，涌現出田秋、安康、田谷、安孝忠、田慶遠、田茂穎、王藩、任思永、張敏文、張清理、張德徽等優秀作家，他們的作品曾結集行世，惜今未見傳本。

古代西南地區回族、土家族詩文之所以能持續發展，并能够在中國文學史上占有一席之地，很大的原因在於西南地區回族、土家族文人的文學創作既受到時代風氣的塑造，又受到地域文化的影響。同時，古代西南地區的回族、土家族文學也是與其他民族文學相交融的産物。西南地區是一個多民族地區，回族、土家族文人在與包括漢族在内的其他民族交往過程中，各學所長，形成了你中有我、我中有你的多元一體的文學格局。如回族詩人沙琛，在與白族文人師範、漢族文人錢灃、納西族文人桑映斗、回族文人馬之龍的交往唱和過程中，不論在詩歌創作風格、取材對象，還是主題内容等方面都相互影響。這就增加了回族文學的多民族因素，使得回族文學的内容更加豐富。

總而言之，古代西南地區的回族、土家族詩文以其鮮明的地域特徵和獨特的創作風貌爲後世研讀者所稱道。這些創作成就，不僅豐富了回族文學和土家族文學的内容，也爲建構更加完整的中國文學史添磚加瓦，頗有傳承價值。

需要説明的是，本卷内文留存了部分原作者對農民起義軍的蔑稱，這顯示了古人的歷史局限性，爲保持古籍原貌，此次整理不一一修改。

孫紀文

二〇二〇年十月二十五日於西南民族大學圖書館

目録

《松韶集》卷一 …… 九七

叙録

孫鵬（一六八八至一七五九），字乘九，一字圖南，又字鐵山，號南村，昆明人，著名回族詩人。其家爲江南世族，明初隨沐國公入滇，遂留滇。是孫繼魯六世孫。繼魯，《明史》有傳，嘉靖二年（一五二三）進士，爲官清正，受陷害入獄而死，有《破椀集》。孫鵬聰慧好學，讀書於昆明書院，勤學苦讀數十年，康熙四十七年（一七〇八）得舉人，後出任泗水縣（今山東曲阜附近）知縣。其人負氣傲岸，於官場不甚得志，乾隆二年（一七三七）憤然辭官，回歸鄉里，以教書和寫作爲生，足跡踏遍了雲南的名山大川，結識諸多當地名士，年七十二卒。傳見《雲南通志》卷一七二、《昆明縣志》卷六等。

孫鵬一生酷愛詩歌創作，有《南村詩集》八卷行世。雲南省圖書館藏有李根源刻本與方氏學山樓藏本。李氏刻本爲民國元年刊，有四册八卷，其中《少華集》二卷一册、《錦川集》二卷一册、《松韶集》四卷兩册，半頁十一行，行二十二字，版心題『南村詩集』與卷次。書名頁鎸『南村詩集』四個大字，下有『蔡鍔題簽』字樣，右側鈐有『雲南省圖書館圖書』圓形朱文印壹枚。《少華集》卷首有序三篇，分别爲民國元年楊瓊《印泉師長刊輯南村詩集序》、民國元年李根源《刊南村詩集序》、張漢《南村詩集序》。《松韶集》卷四後有民國元年趙藩《孫南村先生詩集跋後》。方氏學山樓藏本爲兩册八卷，第一册爲《少華集》與《錦川集》合本，第二册爲《松韶集》。書名頁左側靠上均有『雲南叢書』字樣，下有『趙藩題』字樣，右側有手寫『南村詩集』，卷首有牌記『雲南圖書館藏板甲寅年刊』。第一册《錦川集》卷二後有『公曆一九五五年三月十壹日』字樣，并鈐有『晋甯縣人民政府移交方氏學山樓藏書』方印，第二册最後亦有此印。第一册卷首序三篇，與民國元年版同。第二册卷末較民國元年版多出《孫南村詩集跋後》一篇。此本或爲民國三年刻入《雲南叢書》，刻成後藏入方氏學山樓。正文間有手寫簡體漢字批註，於《少華集》卷一《辛丑臺灣之變，孫善長躍海盡節，詩以弔之》其二上批註曰：『「誰令」之令似失粘。』於《石林歌》上批註曰：『《石林歌》大氣磅礴，到底不懈而逐次描寫，按亭剔異，極似昌黎《南山》之神，是真博奥雄渾之作，非柔筋脆骨者所能仿佛。』并在詩句『蹲如猛虎磨牙嚇』上批註：『嚇韻嫌強。』在『客成丹竈在此間』上批註：『「客成」當作「容成」。』於《松韶集》卷一《題畫二首》其一『霧閣烟牕畫不開，是誰結屋住厓限。白雲似識有人在，常向峰頭飛去來』上批註曰：『「識」「有」二字可易「覺」「高」，校爲調叶。集中七絶以此二首。』第二册卷末有『民國十六年後學南山甫識』相關文字，前文批註亦應爲南山作。

今《雲南叢書》收録《南村詩集》爲《少華集》兩卷、《錦川集》兩卷、《松韶集》四卷。據《〈雲南叢書〉書目提要》云：『其集原未鋟板，民國三年黄德厚出其所藏鈔本，由李根源交輯刻《雲南叢書》處梓行。』由李根源序『歲辛亥，昆明黄君德厚以先生抄本詩稿見視』及楊瓊序『今又得《南村詩集》於黄氏，爲手抄孤本，亟刊之』可知，二序皆作於民國元年，故黄氏交李根源《南村詩集》鈔本的時間是民國元年，李根源亦於此年刊成《南村詩集》四册八卷，後又於民國三年刻入《雲南叢書》。故《提要》所記有誤。今日通行《雲南叢書》中收録的《南村詩集》内容與上述版本皆同，僅多出孫鵬後裔孫永安的《南村詩集序正誤》一篇。

此外《回族典藏全書》中有《輯本孫鵬詩選》與《輯本孫鵬文選》，分别輯自《滇南詩略》與《滇南文略》。其中《輯本孫鵬詩選》所輯之詩與《南村詩集》所收基本相同，僅《春仲十三夜，徐南岡先生招同孫山長潛村、錢太史沛先、鈕文學半村、黄明府松坪諸詩伯讌集官齋，即席限體》一首爲《南村詩集》未收。《輯本孫鵬文選》收《滇中兵備要略論》《答某翰林書》《李南山遺稿序》《送魏龍山之官大理提標序》《徐雲客先生詩序》《鎮沅雙澤泉記》六篇。考《滇南文略》，發現孫鵬《王褒論》《卯觀城傳》二文乃《輯本孫鵬文選》所未收。又考《滇文叢録》，有《贈光禄卿楊公以成傳》爲《輯本孫鵬文選》所未收。
《南村詩集》所録詩篇，『始於作者三十歲至七十歲，凡四十二年間之略歷，斑斑可考』（《〈雲南叢書〉書目提要》）。縱觀孫鵬的詩歌創作，内容十分豐富，有對下層勞動人民的災難記録；有對山水田園的景色描摹；亦有大量的贈答詩，於朋友之間表達出多樣複雜的内心世界。《〈雲南叢書〉書目提要》稱其詩作：『才情高遠，率情以就，不假鏤琢，故多直抒性靈之什，少抑揚頓挫、結構精密之篇，古體多於近體，七古勝於五古，然往往瑕瑜互見。』所論頗有見地。又趙藩《孫南村先生詩集跋後》云：『先生才氣高亮，記誦亦博，發爲韻語大率佇興而成，故多性靈濬發之句，鮮精構完美之篇。而率易飣餖，檢點弗及，亦夥厠其間，有如韓子所云「才豪氣猛易語言，往往蛟蛇雜蚯蚓」者。若爲之擷菁英、汰蕪穢，斯足以饜觀者。』亦可謂知音之言。

孫鵬作爲少數民族文人，其詩文作品的表達方式、主題意藴和文學傾向均表現出對中華傳統文學技藝的深刻認同。如其《貢象行》《輿夫》諸篇，以『抒敘議』與『描寫』相結合的表達方式，呈現出對民衆苦難的同情以及强烈的批判精神。而在主題意藴上，孫鵬的創作，或反映社會現實；或追求人生理想；或分享酬唱之歡愉；或哀歎羈旅之愁苦；或抒發家國之思；或眷念鄉土之情。而其中大量以雲南歷史景觀與人物爲主題的詠懷書寫，不僅展現了極具地域特色的文學風貌和文化景觀，更成爲作者抒發關切國家命運與社會前途之情的有效方式。當然，在詩學傾向上，能與清代主流的詩學取法對象相契合，而又不乏己見。在清代唐宋詩之争的文學背景下，孫鵬詩宗盛唐，亦有宋調，李根源《刊南村詩集序》云：『先生之詩，氣韻格律宗法盛唐，間摹漢魏，歸宿於子美，昌黎爲近。』所論并非虚言。又孫鵬《答某翰林書》云：『詩，聲音之道，與文不同，以氣味爲高，以體格爲貴，常有字句甚工，而卒不可語於詩者，氣體卑也。太白之高，高在氣味；少陵之貴，貴在體格……唐詩以情勝，宋詩以氣勝……《十三經》尚矣，次亦必取諸子、史，他無可采。』在他看來，宗唐與學宋并不衝突，當在明源流、知法度和取材上下功夫。他的這些看法，既有對清代詩學發展方嚮的回應，也有對從《十三經》、子、史中汲取創作力量的推崇。而從保存下來的八篇文章來看，孫鵬之文的特點如李根源所言：『英詞浩氣，磊落出群。』故而論兵謀，侃侃而談，非書生隅見；述史事，婉而多諷，神流氣溢，可謂明净可傳矣。

孫鵬之詩文，有氣勢縱横之作，亦有清新雋雅之篇；有心繫民衆的儒者情懷，亦有雜以玄思冥想的釋道理念。要之，孫鵬作爲一名生長於清朝漸開盛世的雲南文人，經歷人生坎坷與世事變遷後，將其情感和哲思訴之於詩文，對我們瞭解地方普通士子的精神世界和清代前期文學取嚮都具有實際的個案研究意義。

迄今爲止，《南村詩集》未見點校本出版。此次點校過程中，譚詩瑶、張傑協助整理者做了一些工作。同時本書也是西南民族大學中央高校項目『古代各民族文學關係重要問題研究』（3300224613）的成果之一。

目前所見《南村詩集》，除了《雲南叢書》所録版本之外，《叢書集成續編》與《回族典藏全書》亦有收録，且均以《雲南叢書》爲底本進行影印，但影印字跡時有模糊。故本次整理以《雲南叢書》所收《南村詩集》爲底本，校以雲南省圖書館收藏版本以及《滇南詩略》所録孫鵬作品，輔之以他校、理校。同時，本次整理在充分尊重《南村詩集》原有編排的情況下，綜合考量存真與方便閲讀的要求，對原有編排體例不做大的更改。主體部分爲《南村詩集》，將孫鵬之文列於附録。因孫繼魯詩文集散佚，僅有少量詩文流傳，故以《回族典藏全書》所録篇什爲點校底本，亦將其列於附録，作爲孫鵬家族文學的參考文獻。值得注意的是，在《雲南叢書》與《滇南詩略》共同收録的作品中，异文占據較大比例，惜無更多傳世文獻提供證據，成因暫不可考，祇能將兩者的差异以校記的形式列出。總之，筆者期望能爲讀者提供一個方便閲讀且儘量完整的孫鵬作品集。當然，由於整理者學識有限以及相關文獻材料的缺乏，本書仍然存在一些問題，亟盼相關研究者不吝指正。

孫紀文、彭容豐

二〇二四年十月於西南民族大學

《南村詩集》序

萃扶輿之靈氣，合諸郡不過數人；極慧巧之文心，計一生曾無幾句。才如昌谷，暴殄爲多；詞匪義山，撏撦殆盡。每難抗敵，瑜與亮以同生；安得知音？曠與夔而並集。若夫阿育之郡，我馬維金，漢武之封，彼雞則碧。其音風雅，聞驚人之一鳴；有足騰驤，羨空羣者千里。相之牝黄牡驪之外，處之雄飛雌伏之間，而出一詩人於其間也。即用南村文句。南村之知名三十載於兹矣，顧南村才雖無偶，數乃多奇。以屬文，則奇比孫樵；欲獻賦，則屈羞杜牧。而乃日躭佳句，動寫雄篇。破鬼膽而出神工，穿天心而入月脇。筆墨之性，自與俗殊；山水之靈，常爲吾用。久知此道，肱三折以能良；乃見斯人，手八叉而成賦。或且稱爲狂士，誰不愛其文章？今夫一石也，具斑采則目與其華；一絲也，叶宫商則耳悦其韻。矧斯人士，可無風流？於彼山川，亦增輝媚。吾乃回思往事，載賡遺音，彼一時同罷之人，乃廿載論文之士，亘輿、西民與吾兩人同年棄官，予有『一時同罷四詩人』之句。蕭蕭夜雨，落落晨星。謂我謫仙，知爲狂客。南村謂我詩有仙句。折人官職，恐是聲名。方比君苗，竊傾心於二陸；敢云玄晏，欲作賦於三都。神遊貴竹之西，時在貴陽作。夢想苴蘭之士。自當焚筆，尚思留硯余堂名。以何爲？如可言詩，或請呼尊而共飲。

年同學弟石屏張漢蟄存子作

刊《南村詩集》序

昆明孫南村先生，清愍公六世孫也。余既撏輯清愍公遺文，彙刊《五名臣集》，又訪公墓於西關外，以公傳書石而樹之墓左。詢公之裔，邑人云：『自南村後即已彫零，今無有存者矣。』輒歎天之報施善人，容亦有不可解者，爲欷歔久之。考南村先生，康熙間以名孝廉知山東泗水縣，頗著循聲，詩、古文名於當時，趙亘輿方伯、張月槎侍御尤極推重。獨惜世無傳本，僅於《滇南詩文畧》中得見數首。英辭浩氣，磊落出羣，有不可一世之概，知先生非徒以詩文見者。歲辛亥，昆明黄君德厚以先生抄本詩稿見眎，卷首有月槎侍御序文。蓋月槎與先生爲同年交，談藝又雅相契。今月槎有《留硯堂集》行世，而先生詩文獨湮没散佚。著述之傳不傳，毋亦有天耶？先生之詩，氣韻格律宗法盛唐，間摹漢魏，歸宿於子美，昌黎爲近。方之月槎，殆伯仲間也。余既得此册，因亟録之，不忍令先達著述終至銷蝕，又以見清愍風節垂於天壤，得繩武如先生者，九京亦可稍慰矣。惟抄本字多漶漫殘缺，未敢擅爲補訂，倘有藏先生全集者，庶幾出以眎我，校録補刊，尤徵文考獻之心所日祝也。

大中華民國紀元壬子六月三日，後學李根源序於大理行營

印泉師長刊輯孫南村詩集序

孫南村詩集都八卷，印泉師長刊輯之成，屬瓊爲序。考南村先生名鵬，字圖南，爲昆明孫清愍公六世孫，印泉摎刊鄉先正遺編，既彙清愍公詩文入《五名臣集》，今又得《南村詩集》於黄氏，爲手抄孤本，亟刊之。嗟乎！人生最壽特百年耳，一時吟哦，榮飄音過，曷可少留？即以楮墨存之，亦保能閲滄桑、經兵燹邪？今此戔戔者，僅以薄紙五寸，厚積單帙，寖百數十年猶未蝨蝕，而竟入高人之典籤，接鴻流之品藻，豈非天幸乎哉？瓊曩讀清愍公《破椀集》，詩雖祇殘斷數闋，然令人乾悲湮泣，不克終篇。今讀南村所吟，則大半爲嚶鳴和平之雅調，方謂祖孫一氣，格律頓殊，爲之詫然。既而思詩騷各體，固有正變之殊，若三百篇中『二南』爲正風，《下泉》則變風也；《文王》爲正雅，《小弁》則變雅也。又若有唐一代，永嘉之有王、孟，其正格也；豫章之仿少陵，則變格也。所謂正變，皆緣所丁之窮通夷險，爲之或者不察，而以爲出乎學人一時之好尚，抑亦傎矣。清愍處乎季世，抑挫扼塞，故發爲愁歎之音。南村處乎盛時，贈答優游，故饒有閒適之趣。要之，視乎其遇，發乎其情，雖以父子祖孫，有不能相假者，而何致疑於格律之不相侔邪？後人論詩，不更及於所生之世，而漫謂若者能學杜陵，若者能師王、孟，優此劣彼，入主出奴，豈通論哉？今序此集，特爲申明此意，質之印泉，以爲然否？

共和紀元壬子夏六月，鄧川後學楊瓊序于大理軍次，時年六十有七

《少華集》卷一

自題《烟波擢船圖三十歲小影》

三十歲畫像，姿容尚堪看。蕭散一儒生，何如魏何晏。人比六一翁，耳常白於面。憂患甚彪之，幸不成白鬢。彪之，號王白鬢，亦三十歲時也。曾茹嚼典墳，亦善説史漢。好讀古人書，時稱小萬卷。胡不侍金門，而來遊汗漫。我生也不辰，無端遭家難。豈不自省修，爲殃起親串。我父呼而前，撫摩頂長嘆。小子其勉旃，是時總角丱。抛家上碧宫，碧雲宫在東山，十年讀書於此。《十三經》讀徧。東山住十年，猿鶴相友善。人子當揚親，玉璞出三獻。不封陵陽侯，應使鸞鳳竄。悠悠至三十，時光急飛箭。再煩季主占，星纏互爲患。不能報親恩，絶意於仕宦。抱書山水間，於船入葑葒。混茫天水黏，蕩潏光練練。清絶萬頃波，琉璃鋪平案。日月船底翻，鳧鷖鏡中散。晴命小奚奴，擢依汀洲雁。龍眠抱驪珠，照我讀書幔。讀書倦來時，把酒澆滮汧。飲酒醒又醉，讀書昏復旦。有時試釣竿，鯉魚長尺半。菰菜起秋風，采采堪入饌。是非不到湖，熱客不來見。自入水雲莊，其爲樂無算。百年於此間，朱顔應不變。回頭埲塕揚，蠻觸蝸角戰。

老母壽辰，徐雲客、苑〔一〕弗如兩先生，謝昆皋宫諭、熊公持、林程九、趙永錫、李立人諸君子見過，席間賦詩祝嘏，敬次元韵奉謝

酒送桃花上臉紅，吹人況復以松風。不材有母方過耋，健筆無詩不祝嵩。徑僻尚過分韻客，學疎敢敵浣花翁。一尊月下將親意，博取珠璣著壽筒。

【校記】

〔一〕『苑』，疑爲『范』之誤。

賦得『菊屏』爲南太夫人壽

西風吹去一屏斜，屏上千葩與萬葩。好把霜枝娱白首，更無俗豔笑黄花。繁英似妒老萊袖，秋色全歸陶令家。笑指將軍花道好，層層雨露結爲霞。

管彦峰以《新興牧壽册》索題

見説來仙吏，三年養太和。彈琴多古調，擊壤作新歌。普月八景之一無逃鑑，棋山山名。有爛柯。得君諸美政，不惜一吟哦。

送謝二昆皋宫諭北上四首

昆明池水邊，碧梧生沮洳。碧梧，昆皋堂名。高者過千尋，低亦入雲霧。有鳥名鳳鸞，太白送族弟濟南詩：鸞乃鳳之族。栖止於其樹。朝飲昆池水，夕啄琅玕露。築堂於此居，鳳鸞有餘步。

一去閶風苑，秋風三十度。飛鳴揚光彩，歸來息翰羽。懽與鶴爲羣，相憐還相顧。一朝思阿閣，鳳與鸞俱翥。念此消離魂，有懷不能吐。盈盈河漢水，皎皎桂輪月。照我文字交，蟾兔幸不缺。人在團圞中，黯然忽言别。

前日送君弟，芙蕖發華滋。采采和烟雨，持贈及芳時。今送其兄行〔一〕，慚予東道主。葡萄一杯酒，瀟瀟板橋雨。願爲雙飛鶴，乘風一並〔二〕羽〔三〕。庭中有佳樹，白花青桂枝。用太白句。攀枝折其花，將以贈别離。花帶故園風，兼有故人心。迢遥千萬里，直送到上林。君爲蕙蘭花，我爲海上霞。將霞護蕙蘭，聚散有餘華。

【校記】

〔一〕《滇南詩略》作『今複送兄行』。

〔二〕『並』，《滇南詩略》作『振』。

〔三〕《滇南詩略》有《送謝二昆皋宫諭北上》，從『盈盈河漢水』到『乘風一振羽』爲一首。按，《滇南詩略》成書於嘉慶四年，其所録孫鵬詩未知據何本。而《南村詩集》抄本不知成書於何年，且多漶漫殘缺，李根源以抄本爲底本進行刊刻，未得全本與之補訂，故《南村詩集》存在錯訛之處應爲事實。雖從詩意來看，《滇南詩略》所選更爲合理。但若以《滇南詩略》所選爲準，則這組詩就變爲五首，與題目不符。惜無更多文獻佐證，暫存疑。

安石若不起，當如蒼生何。此行去宜速，毋遂戀巖阿。東山雖云好，絲竹同消磨。君本明月珠，不夜照山河。廟堂以爲光，位置高嵯峨。紅亭一揮手，風雷護玉珂。馬蹄願生雲，一日千里過。早至鴛鷺班，其爲霖雨多。不材即泉石，亦無怨蹉跎。

再送謝二宫諭

山不能居城又俗，鄉關無地可廬蝸。豺狼舊日多當道，鴻雁高飛爲避羅。錦繡湖須披翠渡，文章嶺好挾書過。送君早趁西風去，天子懸〔一〕甌待玉珂。

【校記】

〔一〕『懸』，原作『縣』，據詩意改。

偶過縣署，見幕外植花甚多，戲題

螺峰北枕讀書臺，臺上有花半手栽。挹露薔薇連笑買，當風茉莉挹香催。鼪鼯飛處開三徑，鸚鵡言時調幾回。不爲公庭無子羽，早攜尊酒入園來。

花前

一日花前醉一回，春深何處不豐臺。年來不肯輕言別，一任將離滿苑開。

任道遠五十壽

貧交三十載，各已鬢成絲。無術供人悦，有非只自知。瀟瀟梅子雨，落落草堂巵。相約山中去，兩人采肉芝。

題朱令得雨圖四首

俄看赤土忽萌萌，始信商羊亦有情。多謝使君頻往祝，甘霖一滴一精誠。
枯者已蘇焦者鮮，旱深直以雨爲天。要知德至感通處，龍聽指揮霆受鞭。
犁雲鋤霧是誰功，人在二天雨露中。從此化將炎酷盡，榴花有火不燒空。
農不能耕可奈何，雨珠雨玉總蹉跎。如君雨雨真珠玉，點點從天灑太和。

送人北上

鸞鶴多孤飛，魚龍走崩瀾。篋裏陰符在，英雄那得閒。爾昨渡江來，俠氣挾飛湍。左佩蒼精龍，右揚紫玉鞭。今復渡江去，一揖辭我還。北風動地起，颼颼萬木寒。驚枝翻栖翮，怒向高空搏。人生不歧路，何以樹坤乾。去去須努力，枕戈勿懷安。

送陳玉文赴選

北溟豈無魚，長年不化鯤。奮飛亦何難，上無雷霆震。賴有二三友，變化出風塵。蕭蕭嘶紫騮，前驅向都門。都門立名所，豪傑聚如雲。欲展匡時略，柄須借一官〔一〕。擬分何方土〔二〕，民社難仔肩〔三〕。所至酌時宜，官禮亦陳言。長歌送君行，置酒金馬闕。天寒貂〔四〕不暖，餘温散酡顔。一醉衝風去，莫辭行路難。玉堂逢趙城，道朋〔五〕問平安。

【校記】

〔一〕《滇南詩略》作『及茲效一官』。

〔二〕《滇南詩略》作『分上無分民』。

〔三〕《滇南詩略》作『古人重仔肩』。

〔四〕『貂』，《滇南詩略》作『裘』。

〔五〕『朋』，《滇南詩略》作『鵬』。

題朱子眉畫即用其韵五首

定是道人出采藍，不然何以敞茅菴。畫禪久矣無人畫，除卻先生誰與參。原詩有『畫禪無墨倩誰參』之句。

天色最難畫蔚藍，蔚藍天照霧中菴。青銅柯幹經霜勁，上欲與天杲杲參。

陰崖窅窱染秋藍，誰向此中小結菴。祇爲西山山色好，特來柱笏一朝參。

深藏古殿供伽藍，祇見雲烟不見菴。扶杖何人尋别徑，要隨猿鶴一相參。

畫學擔當青出藍，西風吹墨灑巖菴。先生去後無風雅，留得飛嵐與世參。

有少年捐官者索贈

道德成多晚，功名早不妨。終南開捷徑，西邸重貲郎。五色飛龍馬，九苞小鳳凰。幾人牖下老，未得一飛揚。

答徐雲客先生見贈

貂敝歸來不恨貧，牡丹正及小園春。酒杯須滿斟花徑，詩句無奇報故人。十載星霜成底事，九天珠玉落無塵。罷遊忽有知音在，不覺因君啓笑唇。

送王子京學博嶍峨

孔雀生南中，雙栖珠玕樹。珠玕一開花，孔雀舒翰羽。背負青天飛，文彩渺烟霧。迴風吹翮健，招侶啾啾呼。殊音與世違，未蒙斥鷃恕。鳳凰憐同聲，一步一回顧。一朝被琼羅，樊籠何牢固。高天仍自高，有翅不知翥。莫使唱哀鸞，青雲此闢路。鳳池去不遠，應使輝揚著。

餞雲甫先生招飲花前

多謝寒林一徑風，吹將愁去夕陽東。彩餘鳳尾花名。經霜紫，血點鷄冠花名。結子紅。最愛玉妍生雨後，頻教金履曉籬中。秋花笑我不能飲，欲把酡顔逐晚楓。

雲甫送菊黄白二種報謝

我愛黄白二種菊，黄如金錢白白玉。金錢可以傲王侯，白玉祇堪媚幽獨。先生亦謂不塵埃，千枝萬枝盡手栽。昨日邀我賞東籬，一朵花放飲一杯。東籬自私誠不可，金錢白玉送與我。獨抱幽香無人問，柴門常將暮雨鎖。有花不可辜，有樽不可空。秋去一年才得來，對此佳友何匆匆。急須縱酒拚西風，物且忘憂我何有。花前日日開笑口，獻之高堂娱白首。此客從來號延壽，美人贈我瑶圃秋，何以報之珊瑚鉤。

九日司若陶見過，遲，苑〔一〕弗如不至，限韻

風烟即此已森蕭，須把登高客一招。人到蔣詡三徑晚，我尋范蠡五湖遥。杯觴且設休辭醉，塊壘雖堅亦可澆。愛煞忘憂籬外菊，玉顔不向早霜凋。

【校記】

〔一〕『苑』，疑爲『范』之誤。

重陽後一日徐雲客、范弗如兩先生見過，次雲客韻

芙蓉深巷雨痕斑，簾捲樓前一帶山。乍喜客隨秋霽到，莫教人讓晚花閒。一尊酒在菰蘆外，半篆香銷几席間。會向諸君開笑口，相逢不醉且休還。

同熊公持過趙永錫書館，賞殘菊得『黄』字。

一雨瀟瀟秋盡黄，金錢無數在籬旁。欲持沽酒消寒晝，恰有主人出玉觴。醉後那堪餘態媚，開時獨傲百花香。英雄但得酡顔好，不向西風怨早霜。

辛丑臺灣之變，孫善長躍海盡節，詩以弔之

爲國捐軀義所存，傷心籌幄阻高論。倘能堅壘攻烏合，那至輕生失馬援。日月從今懸渤海，魚龍何處葬英魂。可憐此刼多忠勇，獨壯風濤鹿耳門。

誰令堅攻計不成，謾驅五十六殘兵。枉教淡水能同算，欲合安平已拔營。若出疆埸横殺氣，定飛霹靂震軍聲。赤山未戰身投海，常使英雄淚灑纓。

東流有盡恨難消，頻把忠魂水上招。山捲波濤猶怒賊，靈來風雨定隨潮。落霞本是精丹結，正氣仍環戰舸飄。勇畧生前無所用，茫茫大海一嫖姚。

贈南濟雲自西藏凱歸

偏師久破五言城，新拔龍沙奏凱營。紫電光中聊試劍，玉門關外早知名。詩因戰伐詞多勁，人過冰山氣更清。愧我無由分虎竹，年來空奮曼胡纓。

王愷然六十壽

少小師抱朴，所慕在神仙。長而事遠遊，遂上崆峒巔。再拜軒轅帝，心花開青蓮。天風吹豔落，散作碧城烟。我持青蓮歸，以奉白髮前。白髮一顧笑，太和生几筵。里中馬少遊，得善久拳拳。拂我花外香，金石俱爲堅。君今年六十，面如紅玉盤。學仙有仙骨，愛花共花妍。有子八龍多，獻壽各争先。長子進仁粟，次求不老泉。三子亦青雲，餘亦衣能斑。大藥如可得，殷勤駐親顔。君住華山下，華山上矗天。山上花如火，花孰與道鮮。若問青蓮花，請獻内外篇。

古意爲任道遠作

妾有玉瑩鏡，沈在昆明池。朝沐落霞彩，暮含明月輝。昆池有時涸，妾鏡光不迷。西鄰有佳人，矯矯舜華姿。請以相持贈，爲子照娥眉〔一〕。一照顔如玉，再照兩心知〔二〕。兩心如相見，金石以爲期。朱顔常難好〔三〕，明月亦易虧。珍重此玉瑩，不改歲寒時。

【校記】

〔一〕《滇南詩略》作『匪徒照蛾眉』。

〔二〕《滇南詩略》作『所貴兩心知』。

〔三〕《滇南詩略》作『朱顔難常好』。

偶書

雪風吹日照鳴珂，呼馬山前萬馬過。林外聲聲悲罔極，丹楓葉灑淚痕多。
當年戰壘是耶非，恰好將軍葬夕暉。夜夜青燐猶作陣，山靈甲冑護泉扉。
列子御風猶待風，其能無待以無已。誰知蝴蝶搏風鵬，總一神人而已矣。
太和元氣鬱絪緼，野馬塵埃亦白雲。不立秕糠塵垢外，焉能陶鑄舜堯君。

姚節母哀詞

孺人姓歐氏，系出自東越。隨宦家於滇，閨壼稱賢達。于歸宫贊公，雙雙調琴瑟。亂中終養歸，梁孟偕隱逸。築園娱孀姑，黄柏題金埒。花時奉板輿，幨帷從秩秩。色養得懽心，十年如一日。未幾太宜人，以壽成永訣。淚眼時時枯，哀痛至服闋。方期奉宫贊，詩酒百年物。夫何歲壬申，忽捐館舍歿。西郊遺藳存，響絶金石歇。孺人於此時，青閨甫廿八。號泣呼旻天，淚盡續以血。地下欲相從，諸孤貌誰恤。忍使斷蓬根，不爲芳蘭茁。勉爲之丸熊，學成望乃輟。母兼父與師，誨迪心力竭。義方延名宿，館課歸必詰。詩禮一一教，婚嫁一一畢。縞素終其身，瑩玉無其潔。堅我冰雪操，老我松筠質。以此邀國恩，黄麻下丹闕。風以里門坊，嵯峨標孤節。大節既能全，所在多陰隲。如泉之有源，四流紛滭沸。一生好施予，常補造物缺。升斗急西江，處處救涸轍。輕重總噢咻，善必争絲忽。丈夫不能爲，閨中乃矻矻。積行如積黍，銖累歷歲月。垂裕於後昆，門第綿閥閱。鳳凰有其毛，九苞耀丹穴。大參與司馬，甘棠昔所茇。使者史館來，依然無翦伐。於此蔽芾中，操刀一爲割。歷官郡邑州，德輝映前烈。所恨白雲遥，望岵心徒切。乃有賢孫子，亦展驥足出。迎養詣淮浦，定省懽繞膝。孫之事其祖，與子事母一。老萊五色衣，少萊五色筆。衣以捧檄斑，筆以繼美鋭。叶。客秋值古稀，霜垂種種髪。千里盡稱觥，公卿以次列。屏軸爛充庭，詩歌多撰述。孺人一開顔，太和氣洋溢。幽貞四十年，至此日月揭。節行常不磨，女師忽已失。不負其所天，怡然而仙脱。獨念長仲子，宦成歸先卒。叔子試金陵，甲秋終旅室。一季王事勞，萬里九年别。耿耿抱懿德，化爲佳氣結。至今龍眠山，過者望葱鬱。

自題娱秋軒

山色隨風起，吹過碧海來。結爲雲片片，護我讀書臺。四壁空蒼翠，萬花自落開。朝朝晴或雨，獨自一徘徊。

移居

一上飛雲居五華，松濤聲裏好爲家。西風昨夜吹來早，寒菊當門獨自花。

讀謝二宫諭《沙子嶺遇仙》詩，題其後四首

赤玉舄飛過斷巖，虹霓爲帶紫霞衫。九天道院豈無事，特爲先生一下凡。

欲上蓬萊路未通，誰知半路遇仙翁。雲中有駕君須借，朝謁承明夕華葼。太華山也。

怪得新詩字字仙，遇仙郤在萬峯顛。此行悔不從君去，一叩丹沙紫霧邊。

緑玉杖攜細似蛇，不騎白鹿不螭車。人間白髮三千丈，端的輪君一道霞。

題郭氏傳後

烽火驚逃日，爲兄爲子身。白雲雙郭巨，黄卷一君陳。淚柏攀猶泣，棠花亂亦春。從今

懸〔一〕皎月，常照昇親人。

【校記】

〔一〕『懸』，原作『縣』，據詩意改。

葉節母

半生冰蘖獨能持，要以母兼父與師。歷盡艱虞成大節，只應默默所天知。

題金節母卷二首

不應伯道竟無兒，根在還甦已槁枝。赤手補天須煉石，天仍完好鬢成絲。

霜閨容易老皤皤，六十年來矢靡他。不有碧天娥月照，人間苦節早沈磨。

湯池題壁四首

一年十度過横塘，不歇馬蹄有底忙。日暮且須重買醉，尊前亦有澗花香。

山郭水村花柳新，花開花落戀遊人。源泉一道温如玉，流出人間總是春。

七十二家茅店重，家家争住石橋東。無情亦解憐春色，相對桃花樹樹紅。

一曲雪霓歌漸遥，余家樓上又吹簫。阿誰亦有陽台夢，早被東風吹過橋。

同楊攸敘登淩雲閣二首

百尺觚棱山四圍，幾人登眺彩毫揮。濛濛夕照開殘郭，冉冉春雲削翠微。可惜桃花依澗落，又來燕子繞臺飛。多情樓下垂楊柳，一繫青驄不忍歸。

登樓飲酒俯人寰，好向晴空一放閒。野鳥亂啼春樹裏，溪花斜映夕陽間。巴江石怒兼天湧，竹子山名。嵐飛插漢山。何日煙霞最深處，得消痼疾掩荆關。

路南署同蔣怡軒作

豔陽時節翠如霞，爲樂須乘日未斜。雨過海棠初破睡，山深杏子早開花。祇將濁酒酬烟景，况是高軒近水涯。最喜南州風氣暖，吹入鬢髮使無華。

晚眺同查髦士作

夕陽亭子雨初晴，一帶飛霞畫不成。樹色淡濃花總豔，龍潭黑白水俱清。城西有黑白二龍潭。
樓高但覺青天逼，山好真如紫玉横。紫玉，山名。便欲扶笻成獨往，不然荷插與君行。

巴盤江觀漲，次查髦士韻

桃花浪滚夕陽渾，一道長虹江口呑。遂有金龍争石碾，甯無玉帶鎖山村。灘驅紫電風雷急，
影倒青天日月昏。迎射何須攢萬弩，狂瀾一柱已中存。

李氏桃園看花

不放東風園外吹，亂紅千樹弄幽姿。桃花本是多情種，開徧春山人不知。

偶書

誰家紅袖賽神回，步步迎風笑不來。路入斜陽山更遠，滿山花落與花開。

石林歌有序

路州東去十五里許，石攢簇如林。昔有人嚴冬入林中深處，仰見崖上李數珠，朱實垂垂，羨欲取之，暮不及，明日復至，則仙人幻術也，至今名李子箐。硉矹森屹，莫可名狀。芝牆璇空，似人間屋，千門萬徑，曲直上下，引人入勝，水淙淙從澗出。州牧蔣怡軒，詩人也，辛丑秋，予過之，留數日，攜酒邀同廣文查髦士、明經楊攸敘來遊。路從五顆樹入，窮極幽勝，非居人導，幾不能出。怡軒作歌屬和，因走筆以當小記云。

路甸多山山多石，高插冥穹低過額。城南十里李子箐，李子李花落何夕。不見李花爛漫垂，空有仙人來往迹。仙人來時鶴飛環，仙人去後雲幄帟。仙人去後石床留，仙人來時此博奕。只今一去不復來，縱横磊砢尚狼藉。獅子山名。之子三臺山名。孫，一凸一凹亦岝峉。何年北斗隕魁杓，滿地七星錯确磆。蓮花一莖上矗天，繽紛花蕊突千百。點蒼十九五華五，何似此山狡獪極。石勢争攢不相讓，嶙峋總向江村逼。中有五城十二樓，往往不爲人所獲。其旁五科樹葱蒨，門户由兹開一隙。使君好奇兼好客，不惜觴我於幽僻。登山正及頭未白，要訪林中赤玉舄。到來大石立當門，蹲如猛虎磨牙嚇。世無飲羽飛將軍，乃敢據地怒咫尺。行行數武至飛嵒，横天一壁忽阻阸。徘徊欲入入不得，但見猱升玃復擲。谷迴峰轉細徑生，裊裊鉤梯容假借。燕壘蜂房嵌足底，以手援藟一蹢躅。天風摇摇幾欲墮，毛髮豎立悚危戹。平生歷險多奇膽，至此不覺竟踧踖。驚定復愁萬仞高，因風吹上輕鼯鼫。悠忽谽谺敞平台，趺坐久之憩魂魄。憑虚好把洞簫吹，吹之欲裂石林壁。一吹再吹鳳飛來，銜花落在瑶台席。主人向前致詞曰，一生能著幾緉屐。爰得一棧一綫窄，巨靈掌上真偪仄。下看澗底豁一洞，洞門不扃但羃䍥。洞裏陰寒蛟龍蟠，秋水一泓流瀌瀌。舉首崩石駭纍懸〔一〕，欲壓人頂不敢適。自仗忠信坦然過，人間天上一界畫。一竇黕黮迎芒屩，欲投不投心虩虩。足縮目送凥益高，側身南向日光射。石角鉤衣裂片片，諸君匍匐我跼蹐。彳亍祇與鳥争路，足復踵足相舄奕。漸入窈窱途轉寬，回首㕒巘千層隔。客成丹竈在此間，丁室無人問消息。目營四海手捫天，醉後狂歌恣揮斥。少焉驚風撼南斗，吹落日月挂雙柏。便當從此排空去，向平多累早蠲釋。石林之中何所集，虎豹贔屭麒麟躒。披髮山魈舞向人，雙雙翠羽啼格磔。石林之中何所植，人面竹竿長籊籊。巖頭倒垂古樹花，摘來欲照鴻濛赤。石林之中何所滴，處處石髓與金液。一吸容顔如玉女，再吸身輕生羽翮。

【校記】

〔一〕『懸』，原作『縣』，據詩意改。

羅次同楊攸敘訪惺上人於善化寺

曾入遠公蓮社中，相攜楊子共雕蟲。二三人外無知己，八九年來盡作翁。蕭寺晨昏放白鶴，空山來往騎青驄。重逢金水懽如昔，猶讓老僧詩興雄。

次李大立人《遊近華浦》韻

望中山色淺還深，隔海浮來上客襟。浪起浪平争港鯉，飛來飛去掠舟禽。水黏天處晚逾碧，雲到地時秋結陰。湖上不容人獨醒，百壺斟後且重斟。

同劉效程歸化寺看茶花，得七虞二首

十德名葩天下無，臨歧一妒晚楓朱。鮮凝檻外離人淚，光結山中照乘珠。欲舉酒杯澆豔色，肯教蠟屐失丹株。非經冰雪頻催折，那得晴霞放四衢。

名花麗與老僧孤，寂寞紅顔天一隅。萬朵盈盈擎日出，幾枝輭輭倩霞扶。絳紗幔擁香深淺，赤玉盤堆豔有無。有客朝來鄰七絶，倚根愛坐錦氍毹。

初歸草堂作三首

東籬秋晚客才歸，便謝風塵住翠微。綠橘已圓如盌〔一〕大，黃花遲放得霜肥。悲來一灑風前淚，老去長扃海上扉。誰念啾啾饑鳳至，青琅玕外好仍依。

【校記】

〔一〕『盌』，同『碗』。

野人自愛薜蘿居，門對青山爽氣餘。秋水徧開紅菡萏，夜堂深照白蟾蜍。詩容狂客歸蓮社，天放閑人在草廬。兒女手中死亦可，幽栖祗怕負樵漁。

遊子歸來白璧存，肯輕投與五侯門。山中以此娱吾母，膝下於今愴弟昆。長樂花凝三徑露，忘憂草長一庭萱。孀慈早晚微含笑，謂我貧能守故園。

《少華集》卷二

望西山

滿樓山屼起，好是美人峰。眉黛翠雙鎖，髻螺雲幾重。二姑開曉鏡，五老望朝容。笑爾多情者，春來色倍濃。

山口吐山氣，沈沈墮水中。湖心光一點，破霧出鴻濛。倒照太華曉，寒雲一掃空。此時花有信，吹到幾番風。

望五華山

濛濛斜照裏，崛屼拔雲根。元氣從空結，中峯以勢尊。松楸陰輦路，日月挂金門。一帶山形拱，居然奠至坤。

贈徐雲客先生

詩三百篇更十九，大雅千年無作手。誰擷蕙蘭披金風，上接遺音下震聾。先生閉户千花裏，鎮日高齋坐曲几。薜荔爲衣芙蓉裳，白頭短髩垂兩耳。有時偶扶大宛笻，掉臂欲留方外蹤。弄月西湖東潮水，挂巾太華少華峰。笑拂長鬚有所思，雷霆精鋭誰能避。傾山倒海詞源來，風雨相從鬼神至。耿耿元精老倔强，據地而歌音帶商。南國旗幟樹於此，要向漆室照紅桑。小時讀君懷人作，不拾他人之餘唾。一字欲易雙南金，霏霏珠玉九天墮。是時先生多難憂，患侵淚灑天風河。漢深明珠漸滅的，爍光重雲黤黤思。沈沈三十六年伸，哀痛好音仍自學。鳴鳳積行從來通，窗冥夜勞大士來。入夢放以十斛玉，毫光吞以一粒瓊。蕊丹説以般若波羅偈，登以金粟蓮花壇。蝴蝶一覺翻然轉，窗裏東方白一線。晶晶月流珠光明，鶉火嘗空吐日精。日月二耀還故我，即察秋毫無不可。誰知發矇良有因，牧野將軍是前身。三生不敢惰夙願，功過格中功盈萬。偶因問字過門庭，見君執玉又捧盈。從此一日一抵掌，胷包大海傾沆漭。有似操椎叩華鐘，大叩大鳴小小響。坐君床，把君卮。胠君篋，讀君詩。老驥伏櫪聲悲咽，唾壺往往爲之缺。美人遲暮欲何之，逸氣如雲空中結。朋也失路徬徨將焉趨，唾手名場翻踟躕。閶闔天高叫不開，不能低頭就所呼。不履猛虎尾，即立睡龍頷。狺狺何處不獰狰，見人輙來張口啖。世人皆欲殺青蓮，除郤老杜有誰憐。愁中自得新詩贈，舞向先生酒尊前。區區坎壈不足道，衹恨金石無以報。我欲携句問青天，青天無語但高照。安得鞘裹雙吴鈎，借以報恩還報仇。

大雪歌贈范弗如先生

白雪之白白皠皠，昨夜蟾蜍散精彩。不知何處是廣寒，金馬碧雞失所在。曉對銀屏不勝寒，長風倒捲白羽翰。莫遣風中多情片，飛向愁人鬢毛間。雱雱漉漉大如手，如此大雪滇未有。紛披相屬誰能受？笑解腰下鹿盧劍，换取黄壚一椀酒。飲酒漸醉積漸平，西流生骨去無聲。此物從來人所瑞，不惜滿把贈舊盟。弗如先生隱君子，一臥南城茅屋裏。狂來擊碎珊瑚鈎，醉後起舞鐵如意。掀髯大笑明月中，梅花點點破鴻濛。先生有骨亦梅花，天能盤錯不能窮。范先生，年大耋，筆力猶能屈生鐵。好爲郢歌字字別，曲高而和之者絶。此時兔園安在哉？尚抽秘思揮秃筆，要與天地争玉屑。予也但居五華山之頭，行披鶴氅入飀颼，登高望遠俯銀州。長歌爲君歌大雪，不覺擊節唾壺缺。

過范弗如書齋

三日不過江口齋，便如金石不相諧。凍雲吹去黏寒壁，朗月飛來入素懷。高論忽隨天籟發，孤情半向酒杯埋。與君剪盡西窗燭，倍覺秋堦景色佳。

嘉蓮詩和范弗如四首有序

僕栽蓮一池，中得佳者。嬝嬝一莖，出緑波而揺翠。亭亭二朵，裛紅露以争輝。綴玉緝瓊，千層其瓣，交川合浦，見《易林》。對耦而英幹十丈。以何爲孤高，無與璧一雙，而絶妙匹配。誠堪一陰一陽，是一是二，似學鴛鴦之偶，總無玳瑁之孤。太白詩：常嫌玳瑁孤，猶羡鴛鴦偶。或未了之緣，結來何處？是相思之種。蒔已經春，豈若暾日單曄，雨肥五沃，見《管子》。秋風獨秀，霜倒半池者乎。斯時也，瑞靄敷榮，晴光鬬麗，華華相比，實實相當。范公過而留題，僕也護之如寶。乃濂溪之愛，未敢泛加，而超道之詩，梁朱超道詩有『日分』『風合』之句。頻來索和。顧茲駢蒂者，謂我兩人，何原夫晝捲夜舒，渠滋如蓋，漢靈帝事。一枝四葉，日照低光。漢景帝事。玉津解合歡，見《宋史》。奇傳興國；烏翅分紅緑，見《古今注》。幻屬仙人。此國家之休徵，亦茄蓞之變態。若乃元嘉之兩美，茁芳藹於天泉；泰始之二年，發淑清於菂藪。俱《宋史》。斯有並頭之號，而無隻影之悲矣。曩者五馬宅前，九龍池上，水芝連理，蘭槳浮空。狂殺范丹，欲進柳州之表；柳子厚有《雙蓮表》。罰甘孫楚，不成彦伯之詩。唐徐彦伯有《同心蓮》詩。荏苒十年，葳蕤重見。泥中鉢裏，偏開似錦之葩；緗的紺房，忽得並根之藕。沈約歌：下有並根藕，下有同心蓮。奚迴文君之雙頰，嬌絶當爐；聘玉女之片雲，恨消臨岳。陋他相府，未洗鉛華；望彼美人，又傷遲暮。不與高賢十八來結社盟，甯無美女三千去迎館主。趙宋事。以此而盡配金塘之菡萏，欲媒蘭澤之芙蓉。楚詞：因芙蓉以爲媒。定滿情區，何勞《别賦》。然而風標難敵，離合無端。每憐畿女多愁，《華山畿女歌》：不愛獨枝蓮，只惜同心藕。空思握手。載賡公瞻佳句，隋杜公瞻有《雙蓮詩》。聊且效顰。期君訂百日以來遊，休教城隔。『遊芙蓉城百日』見《列仙傳》。與我倒一尊而相賞，肯負花靈？再無輕離，恐花有知而笑我。倘仍高興，將詩疊韻以呈君。

水且本是斷腸葩，敢謂香蓮栽德家。溢浦恨消才合蒂，池塘夢破已開花。那堪分影低晴鏡，謾欲聊芬結曉霞。奇偶相生成淨植，人間不復有天涯。

淩波豈是董雙成，偏在鴛鴦宿處生。隰有冶根情所長，花無離思笑相迎。不愁玉井高難偶，若遇靈均怨已平。多少孤芳南浦外，無媒空有老霜莖。

澤陂五畝淨田田，掩郤千紅放一聯。自得同心爲麗澤，誰能將玉種清漣。香原各具無相襲，色以交資倍覺妍。草木也知來結侣，飄萍風裏兩嬋娟。

一生零落笑華苹，即並頭蓮，見《孝經援神契》。結契誰知是玉成。紫邏靈葩芙蓉邏在粵東，杜詩：雲山紫邏深。烟雨合，碧城即芙蓉城。佳偶頡頏生。盡教北渚黯無色，最愛南風吹有情。只恐美人怨遲暮，秋花豔冷孰齊盟。

徐雲客先生招飲

暗香動處有人來，熱酒重斟向冷梅。雪照顔容如玉美，風吹懷抱似花開。二年别恨銷杯盞，一代詞華在草萊。鎮日珊瑚高架外，那堪歌笑夕陽催。

飲我醇醪累百觴，其甜真是紫瓊漿。情深不覺中賢聖，别久所言俱肺腸。人到花時身自健，先生病初起。詩成竹裏句尤蒼。烟霞片片能娛老，便欲從君老醉鄉。

訪沐氏九龍池别業

古人日已遥，古迹日已斵〔一〕。緬彼沐氏勛，空留碣一片。憑弔過五華，官齋似可見。當時有別業，去此亦不遠〔二〕。盈盈一水間，白石參差爛。築堤穿池心，堤斷小橋貫。曲引至東塍，穲稏連雲薦。九十九龍居〔三〕，争池之滮淠〔四〕。人亦與龍争〔五〕，臺榭浮水面。垂柳間垂楊，疎密圍斜岸。宛在水中央，伊人已星漢。三百餘年來，滄桑嗟屢變〔六〕。依〔七〕然一畝宮，久爲僧所戀。遺址是耶非，碧澄〔八〕淨如練。落花掩寺門，瀟瀟疎雨濺。何人種菡萏，千朶紅於茜。花間鸂鶒飛，雙雙去復轉。斷霞沾衣濕，微風吹暑散。一第水兼山，天生與人玩。主人安在哉？烟波不改换。嘆息九龍池，長留興亡恨〔九〕。把酒酹勛臣〔十〕，不覺淚如線〔十一〕。

【校記】

〔一〕《滇南詩略》作『伊人日已遥，剩跡日已變』。

〔二〕《滇南詩略》無『緬彼沐氏勛』至『去此亦不遠』數句。

〔三〕《滇南詩略》作『九十九龍子』。

〔四〕《滇南詩略》作『争居池滮淠』。

〔五〕《滇南詩略》作『人亦雜龍處』。

〔六〕《滇南詩略》無『宛在水中央』至『滄桑嗟屢變』數句。

〔七〕『依』，《滇南詩略》作『蕭』。

〔八〕『澄』，《滇南詩略》作『流』。

〔九〕《滇南詩略》無『一第水兼山』至『長留興亡恨』數句。

〔十〕《滇南詩略》作『把酒酹伊人』。

〔十一〕《滇南詩略》作『涕下欲如霰』。

穎明上人除夕送茶花一枝，報謝

何處山中種紫霞，東風吹到野人家。隔年春染胭脂冷，向夕光含日月華。殘雪幾曾凋錦蒂，奇香多半植僧伽。尊前誰遣嫣然笑，愛殺人間七絶花。

答楊次江見贈

春天春興最誰佳，詩律偶將金石諧。誦向名流堪一笑，和成秀句見孤懷。贈君欲采芳洲杜，念我常扃谷口齋。天女晋甯城名。旁邊人住好，桃花迷似武陵厓。

弔李果峰

所難當喪亂，生死兩無家。夜月逃金鼓，春風倚白華。孝翻因難篤，名未是浮誇。譬比根深固，自開木上花。

歲云暮矣

歲云暮矣，子將焉適。雪乾楓老山路窄，筍輿鴉軋愁峇峉。娟娟美人淮水碧，淮水日向東，相思未有窮。

歲云暮矣，子將焉去。江南江北迷烟霧，青雀小艇横古渡。娟娟美人瀟湘住，瀟湘二水交，相思魂欲銷。

歲云暮矣，子將焉遊。風吹鐵鎖橋仍浮，欲斷不斷過客愁。娟娟美人浣溪頭，浣溪水中月，照見人離别。

歲云暮矣，子將焉走。雪花落地三尺厚，飛泉凍合九十九。娟娟美人西湖口，西湖一鏡明，何時鏡裹行。

雜詩四首

鶉火吐陽精，蟾光抱陰魄。萬古無停輪，奔追如相索。萬彙裹玄黄，芸芸自生息。大椿有春秋，蟪蛄有朝夕。東海幾塵揚，神仙髩髮白。陰陽互推遷，變化何有極。誰挽造化根，斡旋有其力。玉衡運神機，爝火自然熄。

穹窿高層巘，神人居其顛。絳闕玄台上，六氣爲糧餐。貌玉肌冰雪，驂鸞飛景邊。陶鑄堯與舜，土苴成治安。人世苦邅迍，欲上姑射山。去從仙人遊，問道探玄元。養真鴻蒙澤，咀咽未央丸。扶桑若木花，爛熳如卿雲。光燭東西海，鯨波一恬然。龍車駕弱水，蓬壺日往還。青裙拜木公，長揖金母前。丸華鍊精液，滄海忽桑田。誰能混濁世，憂煎損朱顔。

求仕齊國門，遠挾空桑瑟。雅彈五十絃，重調十二律。上絃鶴飛環，下絃□〔一〕魚出。一唱而三嘆，其音頗疎越。三載求知音，匏巴已長物。可以奏清廟，如王不好何。有人郢中來，言能歌郢歌。卑者爲巴人，高亦只陽阿。于喁動成羣，唾手致聲華。抱瑟歸去來，絶絃不撫摩。

【校記】

〔一〕原文缺一字。

菀菀垂楊柳，種在堰東坡。春風帶麴塵，吹上去年枝。上枝烟縷縷，下枝拂地飛。花開亂飄絮，輕薄點人衣。不知關何事，偏綰人別離。折盡千碧絲，當其濯濯新。桃李失其姿，美好造物忌。望秋先靃靡，冠帶爲朝臣。進退何逶迤，郤與泥途鄰。一失即下隮，盛衰亦何常。榮辱無端倪。山中女貞木，霜雪獨保持。

大德寺喜晤魏爾臣、孫保臣

拾級朝來上翠微，心同二塔向樓飛。天風吹盡離人恨，佛殿坐生静者機。山果山茶留客過，松花松葉灑春衣。笑看如畫峰衣舊，不覺衰顔對已非。

同蕭象夫、孫寶臣飲魏爾臣官署

將軍牙建碧芙蓉，見客能來有笑容。堂枕雲根籬自護，酒侵嵐影味愈濃。山間花落頻啼鳥，屋後松枯盡化龍。春事零星人又醉，晚霞飛斷一峰峰。

同范弗如、楊又仁遊圓通寺登螺峯

春級層雲到碧空，春花又繞梵王紅。千峰曲折晴波外，滿地興亡夕照中。虚掩洞門藏日月，倒懸喦閣撼雷風。江山歲歲常如畫，無那登臨恨未窮。

又和弗如韻

佛與白雲争璧間，谽谺洞口架禪關。天將螺黛疊成髻，風捲松濤吹下山。一半青天分雉堞，千重紅樹照酡顔。遊來脚踏空王頂，便放春愁鎮日閑。

贈李大立人

太華峯頂家吾家，脚踏十丈青蓮花。中有光彩古日月，歲歲年年弄紫霞。君舍盤山來太華，爲愛故人天一涯。相與結鄰嶚窠上，蓮花蓮葉作絳紗。來往輕乘五雲車，我本後凋松柏質。君亦飛來一明月，松柏有操天所私。生長華岌歷霜雪，明月多情生光輝。一照蓮花花如日，再照松柏歲寒節。天風吹落昆池底，浴盡渣滓愈皎潔。昆華輝映兩清絶，□□□□□□□〔一〕。

【校記】

〔一〕原文缺。

再弔李仲瀾先生

擁書世世講彝倫，孝子從來出藎臣。千里戰場號白骨，一棺慈照寺名。護冥神。室依墓築悲何極，血爲兄嘔痛所親。自脱重圍營大業，青雲從此覆高旻。

中秋對月，有懷蔡玉齋二首

良宵把酒對嫦娥，一鑑晴飛過玉河。好景忽從秋霽得，清光其奈獨醒何。乍看烟樹空如沐，欲滿冰輪動似波。莫且天風吹落去，高懸〔一〕長照玉顔酡。

【校記】

〔一〕『懸』，原作『縣』，據詩意改。

冰雪上衣湛湛鮮，十分秋是玉嬋娟。照人聚散青樽外，坐我空明皓魄前。兔有霜毫真欲動，鏡涵碧海正當圓。望中忽觸離人恨，同鑑寒輝各一天。

書李孝穆傳後

名教地森嚴，表真不表僞。有人積金多，亦争入其内。居然班昔賢，泉下能無畏。窮抱至性死，翻難求合例。公是藏書家，讀書講孝義。平居一書生，臨難勇兼智。其父宦廬江，苜蓿先生嗜。寇至如之何，北門鎖鑰寄。武城耶衛耶，肯輕去其地。詩書爲干櫓，不敵賊鋒利。一死重泰山，可憐偕少嗣。是時天下亂，滿地弓刀試。諸子聞變驚，空灑千里淚。匍匐往收骸，公獨踉蹌出。金鼓震關山，且泣〔一〕且驚退。衝刄到城闉，抱棺長號涕。得父骨歸來，亂中營葬事。復以聞九重，靖忠邀美謚。自此年年兵，猖狂賊勢熾。箐篁深又深，負母倉猝避。母驚子恐惶，疾作嗟何慰。旋移至甸頭，頃絶香雲寺。奈何去祖塋，四十餘里外。處處迷烽烟，藏棺知何在。舁之更宵行，幾回伏荆刺。偏與賊相遭，争殺者數次。天護孝子生，兄源潅已棄。一痛血頻嘔〔二〕，母喪〔三〕惕未至〔四〕。所幸演兄存，協力衾槨備。壘土成高墳，二親窀穸配。恨絶鶺鴒傷，八人晚惟二。煢煢依演兄，友愛情彌至。讀公傳至此，掩卷三感喟。有如此人乎？誠堪稱孝弟。門内有餘香〔五〕，旁流且無暨。欃槍未全消，聚猓刼官廨。已復動王師，卒不兵自潰。一言活千人，伊誰功德最。鄉人稱孝穆，私謚良有自。祠公於父側，不虚此一祭。長洲韓宗伯，豈無據而誌。

【校記】

〔一〕『泣』，《滇南詩略》作『趨』。

〔二〕原文脱『頻嘔』二字，據《滇南詩略》補。

〔三〕原文脱『母喪』二字，據《滇南詩略》補。

〔四〕『至』，《滇南詩略》作『治』。

〔五〕『香』，《滇南詩略》作『仁』。

題《松下抱琴圖》

青桐柯古晝陰陰，一片寒濤飛入琴，便欲臨風彈一曲，空山畫裏有知音。

題劉廣文壽册大理人

十九峯頭雪，君能一一餐。故今年七十，面如赤玉盤。

題壽册

一鶴飛來欲上松，松枝斜舞是虬龍。君來一坐松楓下，吹盡平生愁萬重。

雙壽詩

卜築依金馬，偕栖倚玉姜。弧應懸〔一〕素節，帨亦設秋陽。延壽雙盤果，劚根九節菖。老人星拱位，寶婺宿生芒。黄鶴木公駕，紫霞王母觴。君方臨寶樹，民自愛甘棠。官降二千石，慈兼杜召腸。國原收鼓子，城尚號玉郎。紫馬中山在，壽星丞相藏。署有周勃壽星碑，歷漢迄今，洵古迹也。皇華衙驛路，禮樂沐膠庠。恒水恒山遠，秋風秋雨涼。於茲分虎竹，往者序鵷行。薇省倉琅鎖，貤封綸綍詳。水衡餘惠澤，法吏息桁楊。此日烏台重，何人驄馬當。皂鵰威怒翮，白簡疊疏章。動輒摇山岳，言還切紀綱。輶軒頻出使，冰雪早歸囊。膏雨隨征騎，口碑載大梁。品當尊泰岱，爵偶近瀟湘。新加湖南臬司銜。要答九重遇，那知三徑荒。年年圖不朽，處處頌無疆。太〔二〕守多勳業，淑人足頡頏。奉姑簾薜荔，侍膳進瓊漿。孝至形聲細，禮嫻定省常。代君敦子道，爲母得師望。接誥榮環珮，周貧脱珥璫。廿年愈厚勵，百歲詎云長。迹已希梁孟，功因佐帝王。舍君誰鸑鷟，有子是龍驤。草帶王孫恨，花憐帝女香。忘憂萱自茁，長樂卉猶芳。翠羽飛飛繞，紅蕤郁郁光。月中森桂樹，日下爛扶桑。氣待真人過，言宜學士颺。願仍堅鐵石，更採入笙簧。

【校記】

〔一〕『懸』，原作『縣』，據詩意改。

〔二〕『太』，原作『大』，據詩意改。

《錦川集》卷一

邸第梧桐一株甚茂，坐卧其下，樾蔭忘暑，主人檢十藥韵屬予作詩

天邊一鳥來，飛飛向阿閣。阿閣無處栖，去將安寄託。朱門畫樑深，耻争雙燕雀。枳棘所在有，擇木幾前却。羽毛豈未豐，文彩亦光灼。而乃遭時艱，啾啾甘落拓。將軍書樓前，孤高桐如削。上有紫雲垂，葳蕤羃丹臒。下倚石崚嶒，清陰晝漠漠。喜此絶塵囂，又復無驚愕。願言借一枝，聊以避矰繳。養息五色翎，朝飲而暮啄。待摶他時風，鳳兮先鵰鶚。

館閣諸公讀予《石林歌》，各以詩見贈，奉答二首

曾到石林裏，林中得句回。江山助我思，悽惋有從來。險是臨飛棧，奇還得嘯臺。更窮窈冥處，四壁響風雷。

君問石林勝，如棋三百周。大局包小局，千萬局争楸。翠削雲邊玉，天開花外樓。名山歷將徧，未得此深幽。

過張太史月槎

梨花香裏叩重門，一徑蒼苔破履痕。便倒中郎迎客屣，謾傾北海醉人尊。書中玉字藜光照，爐上斑文老手捫。獨喜青雲交道切，春風客路笑言温。

枕上

酒醒天涯夢不成，送來枕上衹鐘聲。天臨窗牖星辰動，人鑑冰輪志氣清。始信客中無短夜，乍逢雨後有新晴。驅愁却在難忘處，逆旅垂垂白髮生。

次來韻答張太史月下見懷之作

昨夜成吟處，清輝照玉除。當兹孤月下，念我咄咄書。碧漢伊人遠，青秋客路疎。拈來蟾兔魄，不惜寄雙魚。

寫家書未成，題此送王東川回滇

沍寒時節客言旋，來索家書寄海邊。程紀明朝千里外，魂消獨夜一燈前。雖聞老母身常健，不是佳兒心倍懸〔一〕。攤紙幾番無一字，平安權借口中傳。

【校記】

〔一〕『懸』，原作『縣』，據詩意改。

月槎冒雪過訪，偶不相值，歸以詩，次韻奉答

少年青眼未曾非，燕市中間訪褐衣。雪裏何勞車馬過，風中猶認酒旗飛。未遑倒迎青絲履，空復來題白板扉。昨日手談僧寺晚，貪枰悔不罷棋歸。

不是青錢張學士，誰尋重敝黑貂衣。早朝罷即乘軒顧，佳句成還挂羽飛。敢嘯鸞聲驚峻谷，偶披鶴氅出荆扉。連宵空報燈花喜，猶自蕭齋獨夜歸。

除夕

旅館當除夜，欲將愁並除。成功全仗酒，得句不停書。終歲爲何事，一冬守所居。過年春

氣暖，定擬早回車。

尹西民農部招同張趙二太史、王進士小飲，醉中題壁

觴政嚴如此，肯饒人一尊。酒星纏日月，春甕闢乾坤。洗盞江湖涸，圍爐笑語温。人間愁萬斛，不到醉翁門。

謝昆皐宫諭招同西民、亘輿、月槎飲慈源寺

已爲連日醉泉民，又揭緑甆小甕春。不覺狂奴餘故態，衹教清福屬閑人。天容我輩醒還醉，人到心交疎亦親。若使觥船常在手，他鄉不復憶鱸蓴。

下第後與月槎、亘輿話舊，即以作别

瀟瀟風起玉堤楊，吹斷飛蓬落道旁。一萬里人名下老，三千丈髮客中長。天留知己同歧路，我縱閑身入醉鄉。無奈將離花滿座，笑人歸去一何忙。

贈陳侍御玉山先生

我欲拔劍斬長蛟，空有欱飛意氣豪。我欲彎弓射猛虎，書生技愧石飲羽。徒挾三寸毛穎來上都，欲傳人間侃侃正色大丈夫。如先生者，其人乎，暮騎驄馬歸，朝騎驄馬出。一簡入告飛寒霜，長安何人不吐舌。昔我昆池截怒流，先生結廬池西頭。白楊巷接青楊巷，朝朝鏡裏妥春遊。有時杯酒談王霸，抑或角藝相唱酬。衹今客裏數過訪，北海尊前容疎放。醉來骯髒發狂論，交深不以爲孟浪。郤仰清時柱下冠，動摇山岳吾所望。請將一片波□〔一〕鏡，挂在先生柏臺上。

【校記】

〔一〕原文脱一字。

月槎先期訂酌桃花，及過，但見壁上詩謂『桃先杏放矣』，而不使聞，戲題而去

看花吟花裡，他人竟不知。及符花約至，始見落花詩。句内香猶在，尊中酒不辭。蓬萊更有杏，借問放何時。

送月槎出守河南四首

詔除學士守東京，從此堂堂出禁城。博取洛陽花到手，要當嵩嶽頂題名。渾河過去清猶在，金谷弔餘詩又成。有脚陽春留不得，楝花風裡送君行。

到時猶及魏姚鮮，富貴擁來花萬千。緑樹重留周召伯，黄河又溯漢張騫。秩加虢國二千石，人在蓬山十一年。獨自一槎琴鶴遠，笑過李郭艤舟邊。

不然偕至澗瀍瀌，紅葯多情不放人。對此將離恨分手，送君南浦竭乘春。先飛函谷入關氣，應念巉巖夢月身。倘謂吴公能薦士，不愁賈傅老江濱。《夢月巖》，新安先生詩也。

留别新詩字字新，魂消歧路讀詩人。之官要復香山社，有美方依洛水神。此日一麾臨祖道，何年雙劍合平津。西周郤喜門生到，夫子墓前守土臣。月槎與予皆新安先生及門也。

楊司馬若霖贈書若干部，月槎過而稱賀，隨作長句索和，乃酬是詩

先世藏書樓凡九，一經兵燹歸烏有。生苦邊徼無典籍，搆書頻來上國走。今年又驅金台轂，

故人執手惜下玉。贈我兼金我不要，徐出牙籤三百軸。故人縑緗富鄴侯，曾求校閲住西樓。未敢學曬迂疎腹，垂鞭復遇西山頭。回首茫然二十秋，盡付泊泊水東流。得書抱書將何去，家在碧陁天外住。千里萬里邈河山，一車烟雨載歸路。惟有東風要借君，吹我與書去如雲。縱有□□□□〔一〕乘，不愁金册累風塵。狂來起舞欲顛倒，腹中架上孰多少。生死書間願爲蠹，猶悔蠹書不復早。且爲醇酒祝告於書臺。祝曰：太乙老人攜杖隨我來，夜夜藜光照鉛槧，使我不負故人相贈之雅懷。

【校記】

〔一〕原文脱四字。

龍虎山送黄于皋之任貴溪

龍虎山中龍虎鬬，腥風起處霹靂凑。道人持符來相降，至今龍虎盤臥常俯首。當日靈符何人傳？世伴龍虎住山顛，豈知控御不在術。自有治道歸仁賢，使君筆力勁如努。左手捉龍右搏虎，天子臨軒親試簡。拔菸茲土，頓使英雄氣盡吐。平明送君臨南浦，秋風淅淅吹離緒。算到黄花開徧時，龍兮虎兮俱有主。龍既不乖虎復仁，象山岁崱合風雨。我亦即歸金馬山，去采芝花駐朱顔。生龍活虎隔風雲，不敢昂首霄漢間。安得金馬呼來玉鞭打，朝至龍虎夕金馬。與君一日一相見，長嘯名山酒共把。

登通州城上文昌閣

烈日火歊蒸，束帶真欲叫。信步觸微風，芒鞵入窅窱。捫蘿䟢女墻，崩石踏䯂䫼〔一〕。文光十丈高，傑閣巋然冒。衝暑到門前，仙家境果妙。䶉䶊别徑開，引勝登清〔二〕廟。閣下陰蒙蒙，薆葑槐四照。閣上坐金仙，白鶴香繚繞。天風吹骨寒，肅然鳴萬竅。微茫見蘇〔三〕門，盤山當指眺。長河滚滚流，浪打金龍跳。吾將空海嶽，浩歌复長嘯。落落與偕來，二子年及少。改氏二子，予及門也。予唱而汝和，聱牙有别調。下視揮汗者，撫掌一大笑。杜詩：束帶發狂欲大叫。

【校記】

〔一〕『䯂䫼』，《滇南詩略》作『䫼䯂』。

〔二〕『清』，《滇南詩略》作『古』。

〔三〕『蘇』，《滇南詩略》作『薊』。

蕭寺與劉次屏夜話

半夜拂燈照客心，好將梁父一長吟。未逢伯樂休誇駿，豈遇鍾期不賞音。月到團圓人也聚，酒當酩酊漏方深。天涯喜就劉琨榻，一聽鶏聲舞不禁。

代壽朱都憲分得九青八月十三日

中天常照月，南極以爲星。氣挹真人紫，藜勞太乙青。光輝生北斗，精奥得西銘。處處棠俱蔭，年年桂有馨。冰壺清可鑑，玉尺量無形。致主過三代，吐辭貴六經。霜飛簡自肅，聲近履堪聽。獨愧收元禮，久知奉考亭。敢隨簪珥客，同祝舞衣庭。不朽功兼德，由來享大齡。

留别楊若霖兄弟

九門榆柳倦遊餘，每念先人有敝廬。歧路南宫真可笑，微名北斗總成虛。好隨明月過山驛，猶及花時到玉除。自入白雲程去後，相思萬里一雙魚。

訪佟蔗村隱居，用金司馬韻

栖遲真不愧衡門，宛在中央水一村。甯惜櫂來直沽遠，可知星有少微尊。萬花歲月銷籬畔，廿載詩名到耳根。從此鷗盟諳問渡，乘閑便欲走潮痕。

留别徐觀察、金司馬暨子衡

别路蕭蕭木落初，板橋霜滑去騎驢。再來何日羣鸞鶴，一笑輕狂半蠹魚。黄葉村中茅店遠，烏鴉陣裹夕陽餘。相逢不是輕揮手，尚有白頭日倚閭。

贈人

長年燕市琴爲伴，旅鬢絲絲遮莫殘。路客知音人竟少，伯牙山水對誰彈。

山東直門作

東門東去是無終，山名。一望迢遥有路通。更過前莊枯柳樹，地名。柳絲絲處繫青驄。

漁陽懷古二首

天門山名。晨啓紫雲遮，誰出天門佩鏌釾。楊業祠猶荒草蔓，李陵碑自斷天涯。空山晴脱冶仙屨，聖水夜迴龍女車。戰血當年餘滿地，春來盡發小紅花。

春光不放出牆邊，太后花園處處芳。紅紫東連香徑山名。遠，岧蕘北枕霧靈山名。長。千重翠已連清洞，五色雲猶繞玉床。一自山中吹律後，至今人學弄宫商。

登密雲樓晚眺

偶俯檀州倚太清，天涯一半截長城。沙迷往迹懸〔一〕燈照，冶塔仙燈爲邑勝景。山護中原拔地横。滚滚銀濤争抱郭，飛飛紫霧欲生楹。春花春仲無消息，重把律吹右北平。邑内黍谷山，鄒衍吹律處。

【校記】

〔一〕『懸』，原作『縣』，據詩意改。

薛子因邀遊羊山

平沙曲裏夕陽川，晴與村南黍谷連。花欲過山忽界水，柳才垂線便含烟。不辭醉客千杯酒，更駕打魚一葉船。天假登臨閑日月，放懷一笑白鷗邊。

出宣武門作

春閑乘興出，策蹇亦飄然。凍解東風濕，山晴晚翠妍。杏花村外路，沙店醉中天。吾欲將何往，梁園有逸賢。

涿鹿道中

出京去訪紫芝翁，路入長堤柳樹中。一片琉璃河上水，照人肝膽勝青銅。

渡滹沱河

花間騎馬照殘紅，欲去扶桑一挂弓。路與蛟龍争寶冊，如山波浪捲長虹。

題《丁軒三老圖》

舊雨半零星，長安無東道。爲念離羣鶴，孤飛入晴昊。三老名塲來，走徧燕韓趙。風霜易凋容，不覺咄咄老。何年聚丁軒，客路盍簪早。花開白如雪，白丁香花也。照人顔色好。尊酒有餘懽，科頭而絶倒。春風入泉石，習習吹懷抱。長此春風中，花竹娱壽考。倘我入其軒，豈不成四皓。三老如相留，從今投紵縞。

别彰德趙别駕、懷慶高别駕，同陳觀察自楚王鎮至五陵道中有作

歧路殘春裏，紅花與白花。因風飛片片，吹上使君車。橋畔銷魂客，樹邊賣酒家。吾生多别恨，處處是天涯。

沙門爲大風雨阻行，與陳觀察宿觀音菴

堤外蕭蕭路，垂楊起大風。倒將星宿海，捲入鵞城中。狐狸迷人晚，佛燈照客紅。與君沽濁酒，一醉落花叢。

次李曙序《廩延道中》二首

角里先生拂曉烟，春騎欵段過堤邊。鵞城風雨獨嚴戍，酸棗娑娑不計年。古戰埸爲龕佛地，故河道作井農田。相逢欲買旗亭醉，豈少蒼榆滿地錢。

寒沙一片碧生烟，勝迹荆榛古道邊。魏武臺空惟夕照，中郎碑斷自何年。客知騎馬紆細路，

人種沿河沃堉田。便可幽栖於此處，傍林不惜買山錢。

答李疇序見贈之作封丘人，年八十有五，尚童子顔，乙巳中春遇於延津，輒以詩見贈，故答。

詩中往往有神仙，太白丹沙是百篇。遊徧名山題更好，醉逢春夜月方圓。平沙風起吹烏帽，小棗花開照綺筵。請把長生君妙訣，並詩律爲旅人傳。

古酸棗樹行有序

延津爲古酸棗郡，相沿尚有棗税，而棗已無有矣。城東去二十里許爲石婆固，古東岳廟在焉。廟前後有酸棗數株，皆潤數圍，高十餘丈，其老株二，是其父母也，高潤倍之，似枯甚而堅且閟。鄉人以爲古物也，護惜如寶。某年月，某縣令愛其木，堪爲器，伐一株去，遠近皆號泣累日，恐更及此枝也，因爲閣以護之，望之但見閣插天而已。乙巳春，余以歸路過而問焉，寺僧指曰，此尉遲敬德重修廟時挂鞭樹也。攀摩久之，與邑士申大章、行修周爾常、袁子長、子明、楊允展飲酒其下。大章曰：『請留題。』余醉中遂成長句，大章欲命工鎸石，余止之曰：『不使樹笑足矣，敢與樹争不朽乎？』洗盞更酌，大醉而去。

枯霜拳曲老青銅，螭蟠虺禿陰霾中。天生鐵幹横天地，閲古更今未有終。驅車我來酸棗國，酸棗蒙茸滿地叢。祖柯硉兀似奇峯，羅列兒孫一重重。下盤泉壤上摩空，愈枯愈秀烟靄濃。二十四番花信風，吹去吹來春不紅。刼火翻空又幾回，閱治經亂保厥躬。一瞬秦松與漢栢，如老人之視兒童。樹古成精化爲神，爰祀青帝蓮花宫。搆自三代或漢晉，但祀重修尉遲公。吁嗟乎！人生上壽僅百年，機智斵肝朽玲瓏。樗櫟反以頑鈍存，所貴君子歛其鋒。紅甍緑瓦今安在，錯節猶能歷朝代。夏商鼎匜不復留，對此茫茫生感慨。白晝持斤來者誰，直斫根株欲何爲。力能殺人能殺樹，視彼雷霆如兒嬉。伐其一株留其一，老蛟怒吼垂青血。倒從天上黄河抉，鳳鳥號泣熊羆奔。夜夜昏沙捲明月，何以衛之羃朱椽。紫霄深鎖蕊珠烟，鬼神呵護於其上。啄花鸑鷟下闌杆，閣外人家多壽考。此樹枝金根瑪瑙，三千年始一開花，三千年始一結棗。昔日拄策今挂袍，我攀珊瑚窮寒稍。下來三酹白墮醪，倚樹一揮古桐焦。樹兮樹兮防牙鋸，須堅冰雪慎風雨，勿化爲龍上天去。

除夕守歲真定太守官署

椒花歲歲恨風塵，郤把椒花向故人。剪盡蓮花雙玉燭，傾殘竹葉百壺春。重逢客路懽如昔，容易年華去似輪。坐到平明春氣暖，曉春春色上衣巾。

元日謁大佛登天臨閣

曉向紅雲問佛居，蓮花瓣瓣玉如如。便應稽首朝元日，又好摳衣上太虛。僧被袈裟清磬裡，天垂金碧畫欄餘。願勞千手拈春色，照盡人間歧路車。

依韻和陳石牕《春日書懷》之作

入春頻把旅懷書，春興平生頗有餘。欲學三空姑且待，要遊五湖未宜徐。與君碧柳絲中別，奉母紅柑樹裡居。郤悔年年多上策，某邱某水令常虛。

依韻和石牕《人日》之作

喜逢客裡曉春天，萱莢晨開白石邊。恒水恒山應有主，園花園草亦知年。偶謀小飲如泥醉，爲寫新題劈玉箋。連日東風吹頗暖，好穿蜡屐上晴烟。

題真定郡署亭子壁上三首亭上有漢文皇帝壬戌元年左丞相周勃立碑，碑鐫南極老人相並讚。

一徑雲邊斷復開，放懷晴倚大夫臺。林花春早枝枝雪，衙鼓聲高夜夜雷。北嶽主人俄別去，石窗以公，他往。東風奇句又吹來。漢朝丞相碑文下，惆悵重澆酒一杯。

曉春時節上高亭，取次寒梅發遠馨。鼓子國將花作帶，王郎城以翠爲屏。玉花驄放嘶平野，白練羣飛入杳冥。幾度望雲歸不得，思親再拜老人星。

登臨可以破愁顔，日日晴欄一放閑。春樹蔭連肥累郭，曉霞飛斷滹沱灣。任教鸞鶴招雲裡，常有風雷護壁間。乘興便攜青玉杖，去遊五岳始恒山。

拜仲夫子廟六首

作宰東夷外，相依治賦來。四科同屬政，三善愧無才。所頼先靈助，不教精力頽。庶幾吾赤子，可以躋春臺。

兼人軀九尺，恍見勇行時。慷慨稜風骨，白堅矯玉姿。胥爲先子畏，天與素王師。一自升堂後，南山竹已規。

惡言不入耳，虎兕一時空。蛟奮非徒勇，絃歌可當戎。行修多患難，道契結鴻濛。補衮樊侯業，素臣禦侮同。

結纓兼負米，今古此完人。碧血千秋淚，白華一代春。天心衰魯衛，人力報君親。六十三年事，艱難爲子臣。

春秋當世亂，天使英雄生。志向農山壯，氣將泰岱横。四鄰相日月，長戟是干城。以此定天下，銅鞮伯華并。

衛弱終難救，謾封侯與公。遺宫環碧水，斷碣掩紅籠。一劍平生好，千金大義空。參天松栝裡，蕭颯起英風。

登陪尾山二首

撥霧一升高，奎婁照其上。足下齊魯青，岱嶽屹相向。嶽爲五嶽宗，兒孫列成行。左股東盤旋，回趨尼與防。勢如萬馬奔，精悍不可狀。陪尾突中間，一莖蓮花放。花裏泉繽紛，流出花外長。泉與花争奇，倒捲花爲浪。五步即成溪，十步即□□〔一〕。山斷跨長虹，一束水愈漲。紆迴市里城，天然金湯壯。何人虎豹姿，據勢控層嶂。仗劍當龍門，誰敢與頡頏。塞責一奮身，濺濺血飛宕。戰場有白骨，斯真風雲將。一抔黄土中，常把英雄葬。安得起英雄，重來扼其亢。一戰驅豺狼，再戰靖邊梗。叶。三戰掃餘氛，報國以兵仗。呼之不起來，蕭蕭白楊傍。贔怒挾陰風，蛟龍驅來迂。溟濛忽崩山，百泉俱呀吭。頃且雷雨平，天地同昭曠。

【校記】

〔一〕原文脱二字。

滚滚百泉飛，長河所自始。河水清且漣，穿邑去如駛。在昔泛濫時，洚水儆虞帝。伯禹生石坳，天授青玉字。從此股無毛，風雨用自勩。以身解陽肝，陪尾勞欙橇。遂同伊闕鑿，舉手狂瀾退。受泲安其流，東入淮澕澕。我尋四載來，長嘯淩霽氣。颯颯起天風，飄飄飛衣帶。向空立蒼涼，四壁發長喟。前任後瑯琊，左□〔一〕而右費。彈丸小邾子，唇齒須句此。以次列碁枰，存滅山内外。創霸爾何人，割裂窮桑地。屈指幾滄桑，暗彈興亡淚。不朽惟禹功，元圭至今在。永與水俱深，永與山俱歸。

【校記】

〔一〕原文脱一字。

泗上懷古

帝鄉原是白雲鄉，遺廟猶存古井旁。雷雨出耕仍泣淚，陶漁往迹自滄桑。翠縈糾縵花雙嵋，月上嫣亭玉一床。暮去諸馮朝負夏，東夷常見袗衣裳。

尼父鄉名亦可誇，秖今聚族萬千家。吾民半是素王裔，弟子昔從曲水涯。聖迹人争搜日月，佳城天早造蓮花。自從靈産重瞳後，至此山川再毓華。

天生賢者在東山，委質三千七十班。自脱鷄冠猳服後，相深瑶瑟玉琴間。半生藜藿猶堪憶，一夢熊羆豈等閒。爲酹當年偕浴處，榮同有鳥尚關關。

徂徠脉入石門長，山勢蜿蜒斷益强。勁氣所鍾多勇士，英風已往有沙塲。那堪意氣傾三戰，早有威名播四方。形勝卞明稱險絶，惜無人繼壯金湯。

李白桃紅是錦川，花開處處一潸然。無人講禮高台上，有客題詩響水邊。難入郚城都化解，黛飛商寨山名。亦嬋娟。何人子復耕山曲，孝行誰能法二賢。二賢謂仲、卞，《春秋·文公七年》『城郚』，杜預注：卞縣南有郚城，因伐邾，師以城郚，備邾難也。

二王塚傍二旂荒，山名。旂自巍峨向塚揚。恨絶龜山長蔽魯，怪他鳳嶺隔朝陽。山名。更無儀父盟姑蔑，何不將軍用卞莊。歲歲西風吹古迹，欲從何處弔興亡。

泉林寺看泉五首

陪尾連湖突一峰，峰前峰後盡虬龍。何年蟠踞遂爲穴，一破鴻濛難再封。雪噴招提成法雨，浪飛鱗甲化枯松。我來更欲持泉水，灑作湛恩澤老農。

仁濟侯陰濟我氓，常將不涸得賢聲。建瓴爲瀑風三疊，鼓石成湫月一泓。曲繞御碑趨峽合，怒吞佛殿到橋平。對泉不與泉清似，便負清泉水至清。

逝者如斯逝不還，無形川是聖心川，子在川上即此處。當時一嘆水皆道，何日四流源屬禪。出洞虹蜺飛作練，隨風珠玉化爲烟。誰知不舍非無本，有本須如此水然。

天河至此一縱橫，倒捲千山入太清。遂使波纏星宿海，那知豈是奕棋枰。磬曾浮處猶聞響，瀾欲迴時倍有情。誰把一源分復合，鴛鴦亦向合邊生。邑産鴛鴦。

爲政風流在治泉，泉將雲水闢青天。一泉一境争奇勝，四派四源出自然。吹笛是誰頻裂石，知音若在更無絃。重來始得滄洲趣，醉向寒濤聲裏眠。

次原韻答仲翰博見贈之作二首

與君杯酒看飛嵐，嵐自峰頭落碧潭。一瓣香存方廓裏，地名。三間屋借曲池地名。南。石原頑石偏能巧，巧石阜，山名。泉是廉泉孰謂貪。好擊泗濱浮出磬，知音門外豈無擔。

欲效譚公未敢倫，譚公諱好善，建祠自公始，然只瓦屋一間。予蒞任初，即以『宜創興大廟』通詳上司，未幾，撫軍咨奏准行，是方遣官估計，故原詩有『祖廟千秋實感恩』之句。忍荒遺廟不從新。已基雲水祠□〔一〕子，更〔二〕

【校記】

〔一〕原文脱一字。

〔二〕缺文。

紀災

雍正八年夏，六月廿[一]有五。磅礴解衣帶，把盞消酷暑。酒酣忽復醒，往事偶揮麈。晚風從西北，吹落瀟瀟雨。雨急風愈狂，抱屋夜號怒。雨點大如拳，風聲吼似虎。圮我圖書壁，卷我屋上蔀。雨中蔀亂飛，草堂已塵土。胡床不可據，抱書去何所。四鄰尚譁譁，頹坍聲何苦。十室無一存，存者俱不堵。十人有一死，死者亦無數。泉外更湧泉，河崩摇砥柱。一碧水連天，東山爲島嶼。紫龍白龍啼，黿鼉向人舞。人在水中央，以水爲仰俯。忽見天吴來，荇藻我黍稌。倉庾付沉浮，囹圄空仍庾。東蒙峰内外，盡報災災魯。無異慶曆間，重澇救莫補。風伯與雨師，毋乃非仁者。叶。罷官不能歸，溝壑不免予。高高天姥山，遥向雲中吐。望之生羽翮，天涯奈逆旅。憂患白髮長，何當同爲魚。叶。我魚不足惜，所息惟萬户。大厦千萬間，庇人夙期許。奈何徒徬徨，不能若子煦。安能畫長圖，入告聖明主。自天頒帑金，百萬以噢咻。庶幾此殘黎，可少爲慰撫。

【校記】

〔一〕『廿』，原作『甘』，據詩意改。

雨後過永勝寺感賦

泲河旁矗三層樓，一層星斗一飂颼。袈裟老衲住樓下，金粟如來坐樓頭。此樓原是蜃吐出，蜃能吐樓並吐佛。蜃既能吐即能收，有時佛去樓亦失。前日登樓風正高，吹我翩翩上紫霄。下看萬朵金芙蓉，盡抱觚稜向泬漻。風中摇摇樓欲墮，我若遊龍當空大。狂來歌嘯還自舞，咫尺呼吸通帝座。誰知蜃物幻無常，昨日層樓今平岡。但見風雷挾急雨，十日翻盆傾不住。

何禮康雪中走七十里訪予於泗濱，因贈以詩四首

禮康，閩士，館曲阜顔氏家，自謂王子猷之訪戴安道。

翩翩不減子猷才，且把剡溪擬嘯臺。爰自孔顔交樂處，欣隨泲泗合流來。熏人蘭臭言初接，娱客梅花凍欲開。獨恨白頭相見晚，與君攜手一徘徊。

逢君歲莫未爲遲，天與盍簪一笑時。嘯谷孫登鸞已遠，愛花何遜雪相隨。儒餐爲作青精飯，人醉那須紫玉卮。貧賤論交情倍切，無端水乳有誰知。

高興尋常荷鍤遊，還將鶴氅逐寒飈。人過冰雪詩俱冷，庭有篔簹客亦留。顧盼懽餘鼪鼬徑，笑言温似鷫鸘裘。泥途豈有孫陽在，莫且飛揚向石樓。

亹亹逼人奈客何，亦如殘雪潔輝多。胷藏五岳逢人吐，醉拔雙龍斫地歌。遂起袁安[illegible]涕淚，且容王猛一懸〔一〕河。平生傾蓋多良友，欲向風前挽玉珂。

【校記】

〔一〕『懸』，原作『縣』，據詩意改。

泗上雜詠十首

東山山下泗流長，一水瀠洄尼父鄉。更繞飛泉千萬道，聖人生在水中央。

萬疊奇峰夾一城，峰峰白練向城傾。建瓴誰放崩雷出，聽瀑偏宜皎月明。

山有兒孫水有宗，宗支流派此溶溶。當年割據泉爲國，直截上流依老龍。

禹甸年年嗟未畇，水災過後旱災頻。可憐萬室如懸〔一〕罄，泉湧真珠不救貧。

【校記】

〔一〕『懸』，原作『縣』，據詩意改。

南山赤地北山蓖，父母斯民者是誰。昨日鳳銜丹詔下，重頒玉食食氓饑。

昨銜虎豹過前山，匹馬彎弓射罷還。爲念卞莊今不作，時時虎豹出人間。

沙岸瀠洄水一泓，同同有鳥亦榮榮。年來才思因愁減，李白莊前詩不成。

陰中倚樹草亭涼，一道晴霞落水黄。愛煞錦川無限錦，花開菡萏鳥鴛鴦。

山下奔流十八泉，一橋截斷玉嬋娟。阿誰獨自驅車過，慚照雙雙碧影圓。卞橋雙月，邑之勝景。

霹靂聲中水作莊，谽谺齒裏春耕石。我尋八十三泉來，倒挂冰簾看月白。

晚眺

一帶斜陽雨後姿，青青山色染人時。雲迷石佛山名。蒼苔頂，花映宫娥埠名。翠黛眉。風自南來熏帝里，水從西去繞天涯。望中豈有甘棠在，笑看陰陰萬樹滋。

題《繁星草堂圖》

繁星泉在草堂邊，堂對繁星亦一泉。自截泗源成别墅，遂娱山色鎖殘烟。松濤不斷吹過枕，流水有時響入絃。欲繞迴溪重載酒，緑蘿門掩但潺湲。

偶題仲廟壁

風風雨雨亦無端，何處高栖彩鳳鸞。晴障緑天無伏暑，朝投朱閣有交懽。一城梁父城名。空蒼翠，竟日羲皇枕碧湍。早有歸期仍未定，聲聲留客鳥啼殘。

立秋日仲博士以捕蝗詩見寄，時旱甚，讀之忽得雨，故作是詩以報二首

乍報西風起，吹來片紙仁。千蝝千旱魃，一字一龍鱗。雨洗江天鏡，濤翻石壁銀。更勞賢刺史，來捕螟蝗人。

日日暑蒸愁，君將風雨郵。窗間才展卷，句裏忽生秋。酒醒初涼夜，魂驚獨寐樓。忍于蝗

者在，我欲拔吴鈎。原詩有『更有忍於蝗者當何如』之句。

尖山放歌

予以暇，偶登兹山，山人劉言白髯酡顔，年八十餘，上下山如飛。攜壺飲予，自言二子九孫，婚嫁已畢。與之語，類有道者。其石門張氏之流亞歟？因作詩紀之。

泰山羅列諸兒孫，一峰一峰排天門。尖山非山雲所變，崛岉亦似泰山尊。雲之所變終爲雲，我從雲裏摎雲根。乃於尖山最尖處，得一洞穴吐氤氲。洞口谽谺如列戟，不辨是雲與是石。但見呵護有鬼神，匉訇忽自飛霹靂。到此卻步不敢前，栩栩白雲生兩腋。羽翼一成遂翩翩，飛仙招手隨咫尺。飛仙出入此洞中，我亦從之探鴻濛。千盤石磴萬紆折，黑黝不知其所從。徘徊絶壁開玉屏，側身一轉天地紅。宎廇恍與人間同，左欹一石鼓，右懸〔一〕一石鐘。石鐘不叩亦時鳴，石鼓擊之聲隆隆。石門石廧更几重，青苔滑人不扶筇。滿地瓊蘂長茸茸，守閽喑虎時相逢。喑虎見人驚又伏，欲挽飛仙去無踪。只聞碧鷄紅翠交啼聲雝雝。仰看朱樓萬丈崇，樓上金仙參差坐，天然道貌俱方瞳。獨立平臺竦而匑，窮幽更欲窮其極。奈無别徑可以通，遊興幾欲爲之減。微茫罅隙徹樓東，是路非路掩紅蘢。以身仰就穿玲瓏，亦有日月窺璇窗。瑶篸玉柱劃然空，爲堂爲室只繆窒。龍蛇倒挂紫霞壁，瀑水千尺作簾櫳。水聲淵湱使耳聰，河懸〔二〕屋後源不窮。

直瀉龍湫連碚礐，愛此一堆金灔澒。欲渡無人濟戩㦸，回首歸路已雲封。四顧茫茫心忡忡，誰遣指迷白玉童。衣裳翡翠巾芙蓉，導我出洞乘天風。乘天風兮且從容，半空吹下金銀宫。玉皇端坐香烟裏，旙幢繽紛飄長虹。羣真齋肅齊來朝，或騎紅鳳或茅龍，復有黄麟赤鯉背上之老翁。精誠我已貫北斗，相與逐隊一稽首。風外靈璈始得聞，仙家禮數我何有。趨蹌閶闔良非偶，山人告我巧石埠。巧石稜稜毓淺沙，豐歲山開六出花。亦作人物禽魚狀，愈出愈奇總堪誇。豈非奇雲？一變成山，再變鬼斧神工不能加。石且有靈如此恠，米顛去後誰來拜。共憐一巧一元化，那知一石一青岱。巧拙紛紛一任佗，且飲山家金叵羅，醉倚虬松發浩歌。丈夫坎坷不稱意，忽忽歲月已蹉跎，若不行樂空鬢皤。西眺闕里，東望瑯琊。徂來北矗，嶧南峨。美哉！洋洋乎表裏山河與爾裁。雲弄石臨，風舞婆娑，盡舍愁心瀉泗波，向子平、孫公和。一出柴門即五岳，攜手飛雲頭上過。婚嫁已畢，去則那，功名富貴奈我何？嗚呼！功名富貴奈我何。

【校記】

〔一〕『懸』，原作『縣』，據詩意改。

〔二〕『懸』，原作『縣』，據詩意改。

遊趵突泉二首

歧路來尋仙迹遊，始知濟水有源頭。倒懸〔一〕河口從空瀉，一破雷門放濼流。亭好好連身入畫，泉奇奇在浪吞樓。夕陽多少觀瀾客，狂殺風濤醉殺秋。

人間不信有蓬萊，一片寒光落酒杯。祇道神仙多愛水，無端蜃氣又凝臺。香隨鮫女萬珠散，客照娥姜水名。雙鏡來。幻絕三泉天所闢，一泉真似一花開。

【校記】

〔一〕『懸』，原作『縣』，據詩意改。

八月十四夜，江鏡山寅長招同王公栗、楊闇修、王麗天小飲看月，分得十三覃

幾點踈星人二三，那堪夜色淨於涵。乍輪秋漢飛寒玉，俄揭天風展蔚藍。樓外何從來短調，酒邊容易得高談。多情只此將圓月，相照萍蹤一盍簪。

九日登千佛山二首又名歷山，或謂亦舜耕處。

泱泱真是大風哉，吹墮蓮花佛亦來。謾洒空王頭上酒，重跌人子淚邊苔。龍歸山勢縱奔海，鏡曉湖光飛滿臺。花外早消桓景厄，倚嵐一笑紫崔嵬。

南斗如將怨慕懸〔一〕，有人買斷舜耕田。丹楓尚帶千痕淚，白社長分十畝天。眼底誰能空海岳，杖頭猶自撥雲烟。可堪落日登臨外，更見滄桑到佛顛。

【校記】

〔一〕『懸』，原作『縣』，據詩意改。

雙忠祠題壁二首

閑倚飛橋十二闌，雙泉流出亦波瀾。誰憐深夜龍吟罷，更化枯籐上壁蟠。

石堦花草一叢叢，豔絶深紅鬬淺紅。信是二公精爽在，年年碧血染西風。

除夕讌集江長山官署得『魚』字，同孟明府紫庭、史署椽麟經、楊秀才閶修二首

招我五雲車，兼之雙鯉魚。下車傾濁酒，歲共離懷除。

珠斗森高館，燈花爛綺疏。向來愛彩筆，欲就江淹居。

人日

入春纔七日，春事已無窮。濁酒比山白，寒枝破凍紅。題詩千里外，爲客一年中。欲向晴嵐去，求仙白兔公。

陳仲子墓

陵谷幾滄桑，一墳尚可指。曲巷瓦礫邊，短牆半傾圮。夜雪霏霏白，泉下猶潔已。天將六出花，揚輝照廉士。九京不可問，窀穸何年始。生長齊世家，抱道而不仕。時勢不可爲，高卧長白裏。石室聊可居，緋纑復織履。楚相誠何物，萬鍾久敝屣。偕婦去灌園，郤聘兼謝使。夫賢婦亦賢，言猶在人耳。千古摩訶山，夫婦皆不死。著書十二篇，自號於陵子。落落一家言，

憂幽多奥旨。我來三酹酒，颸颸寒風起。不采首陽薇，争螬井上李。於廉雖或過，高風已難企。蓋邑大夫墳，早□□〔一〕有矣。

【校記】

〔一〕原文脱二字。

元夜同楊閽修作

數重燈影外，景物異鄉新。一片空天月，照來盡是春。漏殘清吏館，花笑倦遊人。肯放良宵過，與君一飲醇。

别江鏡山後郤寄

一春客我洗心樓，署樓名。日日春風吹不休。情與柳絲長縷縷，人隨流水去悠悠。千枰夜雨何時刼，一紙暮雲自此郵。况是江淹送南浦，銷魂有賦未能酬。

過津門弔梁芰梁

七十二沽一草堂，芰梁堂名『七十二沽』。伊人不在水中央。何來孤鴈呼羣過，天際一聲一斷腸。

九日徐州道中

烟樹蒼茫一帶秋，看家樓出翠雲頭。當年繫馬臺何在，好去登高一縱眸。

宿白衣菴贈覺先上人

多難頻投大士前，暫分南海一樓天。枕邊萬佛同龕卧，帳外孤花向客妍。玉念珠圓常在手，金剛經熟誦如泉。煩師代懺平生過，拔我泥途日月邊。

别覺先上人二首

精舍相依忽又離，出門帶劍復何之。昭王塚在金臺外，千里尋將酹一巵。

本是無蹤卻有蹤，牽衣送我至河東。殷勤轉被勞人笑，諸所有情尚未空。

漂母祠

晨吹亦一婦，漂母何其慈。具識英雄眼，當爲巾幗師。晚花開爛漫，秋雨灑罘罳。一飯堪千古，長淮有此祠。

過淮陰侯釣臺二首

饑驅得得過韓侯，往迹不隨流水流。天下誰能如母義，哀時不望以金酬。長空鴈墮河邊影，落日楓飄檻外秋。失路英雄向何所，傷心淮渭兩魚鉤。

不遇真難以自存，空將長劍仗天門。謀生智絀將兵智，受婦恩深高帝恩。誰使江山留隱恨，曾教劉項落驚魂。封侯何益封王假，贏得臺高護短垣。

次揚州四首

鎮日西風吹客愁，散爲一帶廣陵秋。殘虹百尺沉朱閣，垂柳千條擊紫騮。風月總歸才子夢，江山重與美人遊。西來萬里題詩客，要上昭明文選樓。

何處江城廿四橋，酒旗斜帶亂楓飄。霞蒸自古繁華地，客是多情早晚潮。黄鶴幾曾憐跋涉，瓊花已盡化妖嬈。當時歌吹竹西路，尚有簫聲慰寂寥。

天中又在水中央，不是鴻溝彼此疆。山自九龍岡外抱，江從五馬渡頭長。至今胥浦遺星斗，何日迷樓作道場。可笑君王廉太甚，江山不占占雷塘。

風流最是隋天子，生死難忘妾與花。生以佳人爲寶樹，死依香塚作鄰家。蕭蕭風雨吹螢火，漠漠松楸亂乳鴉。一望裙腰有情草，可憐緑徧玉鉤斜。

武昌懷古二首

鄂渚蕁湖古戰場，破曹兩出少年郎。烏林餘燼燒秋葉，赤壁晴霞裹夕陽。波静已無横槊處，燐飛衹在散花旁。散花，大冶洲名。即今棨戟軍門壯，鎖鑰更誰鎮武昌。

大風時挾怒濤鳴，似向江間恨不平。詞賦長留鼓聲絶，芳魂不共草根生。酒澆緑水聊相慰，淚灑青天一放聲。何物要人敢刀俎，命耶難與彼蒼争。

登黄鶴樓三首

秋風秋雨鄂王城，未見昔人去路横。樊口烟深連翠吐，湖心水滿與天平。豈無雲外飄蓬影，忽聽空中吹笛聲。只此江山三島在，不勞黄鶴更多情。

滿樓秋水總茫茫，天水中間畫夕陽。有路磯頭黃鵠識，無人江上白鷗翔。三撾鼓吏生鸚鵡，一櫂詩思指鳳凰。好倚仙蹤頻縱目，青山休笑鬢鬚霜。岑嘉州詩：路指鳳凰山外雲。

神仙亦愛烟霞好，來往常於此地過。黃鶴不能再招至，白雲其奈又飛何。江山如畫分吳楚，波浪從空捲笑歌。不是登臨尋往迹，那知崔李兩難磨。

訪友人不值二首

黃鵠磯頭有故人，白雲猶在渺難親。去來怪得無蹤迹，久與神仙作比鄰。

寂寞魚龍照夕暉，烟波江上掩荆扉。依依但與西門柳，晴繞三間茅屋飛。

登晴川閣

川上雄圖安在哉，夕陽獨自倚層臺。山縣離別高難削，浪捲興亡後更催。鬻子髦施王佐略，周郎少展將兵才。疆埸猶自分吳楚，一半西風向閣來。

漢陽五首

鐵鎖截江山不摇，山低也欲插青霄。天生大别分江漢，常使離魂過此銷。
尚書家住在湖旁，湖水湖名兩自香。不是夜郎遷客過，郎官那得有湯湯。
桃花洞在楚江濱，不是東風亦自春。婦女不憐花盡落，靚妝來拜息夫人。
十二峯前作賦才，一峯一夢總陽臺。衹今朝暮仍雲雨，神女無情竟不來。
烟波灣裏緑楊垂，恨絶甑山亦别離。一望可憐蠶食地，作歌聊以弔諸姬。

漢口五首

由來此地是征途，人到中原任所驅。失路英雄何處去，投鞭重問酒家胡。
涢流入漢此奔趨，十里笙歌夾二湖。雙以隄爲城郭護，人家一半在菰蘆。

東從幡冢水崩奔，出口風雷尚吐吞。恨殺斑騅蹄蹶後，磨牙步步虎豺跟。
雙隄楊柳尚依依，一曲春風人已非。惟有多情庾亮月，尊前猶自照清輝。
夕陽人影萬家稠，烟火中間一酒樓。作客不知何處好，但容酩酊即句留。

別任生

挂席與君過洞庭，晴隨孤鶩入空冥。得風三日吹談笑，入浪千層裏醉醒。差喜水從江漢合，那堪山在別離經。自茲揮手無知己，獨伴豺狼去且停。

次石橋驛追録公車時作。

桐樹村前古驛樓，書生騎馬過荒邱。寒消雪後裘仍戀，人到山間夢亦幽。鷄唱聲高晴落澗，龍迴徑曲曉如鉤。迴龍岡，地名。南橋小南橋，地名。過去上坡路，不斷松風吹客愁。

過水鏡橋追録公車時作。

瑶林風急雨蕭蕭，薄暮人過水鏡橋。羡殺汀洲垂釣者，梅花香裏繫蘭橈。

次岳州二首

麋子雙城截浪開，重門吞復吐風雷。五瀦水合三江去，一嶽雲如萬馬來。旗捲天風存壁壘，湖銷蜃氣失樓臺。岳陽樓已無存。兵家自古争天岳，誰念護軍都督才。

霧豹冥鴻不可求，何人風雅擅巴邱。謾研烏石山名。題新句，忽展蚌珠照野舟。歷歷人家殘郭暮，溟溟烟雨大江秋。我來縱得江山助，敢擬詩思悽惋侔。

次長沙三首

作客瀟湘二水間，天生烟浪待人閒。濤聲半枕當風落，山色一城帶雨關。歧路九疑山〔一〕名。偏對面，他鄉小别山名。亦愁顔。半生遊俠都成錯，擬就丹臺買碧山。

【校記】

〔一〕『山』原作『上』，據詩意改。

碧湘常照軫旁星，江水汹汹去不停。空有丹爐懸〔一〕縹渺，更無珠履躡伶仃。嶽高欲挾風雷上，庭闃長將日月扃。幾度無聊沽濁酒，與君爛醉獨醒亭。亭在江上。

【校記】

〔一〕『懸』，原作『縣』，據詩意改。

騷些已亡香草餘，茫茫烟水總愁予。流螢暑退猶爲火，回鴈峰名。天高不寄書。衣愛山人裁薜荔，花憐玉女化芙蕖。衹今作吏誰詩伯，尚有道州刺史居。

贈湖南趙大參亘輿

繡衣使者使開藩，以巡按爲藩司。七十二峰頂上尊。使就祝融敷大化，更承炎帝播殊恩。千層浪打湖湘口，九疊屏開雷雨門。豈第春風風楚者，且將夏雨雨枯根。

留别趙大參亘輿

胡床留客過三伏，但覺清風入簟涼。不襪不冠容見客，忽歌忽泣豈非狂。有時畏熱思寒玉，無事驅愁到醉鄉。况照碧天一輪月，多情夜夜送輝光。

次常德

天涯落拓鬢新皤，誰識廿〔二〕年老制科。帝女花開如笑我，大王風起正須他。琵琶夜静聲聲淚，聽南總鎮彈琵琶。七首恩深歲歲磨。郤怪三千門客盡，江邊仍有客來過。

【校記】

〔一〕『廿』，原作『甘』，據詩意改。

桃源洞對雪 追録公車時作。

石洞有門常自關，漫天飛雪點春山。離離喜共詩懷淨，片片愁侵旅鬢斑。沙岸舟横流水外，酒家旗挂凍梅間。可堪古觀瑶林暮，過客年年裘敝還。

辰州懷古 追録公車時作。

戰壘黔中自古分，槃瓠功在一紅裙。羅公晝酒山間雨，辛女朝飛巖上雲。二酉縑緗無學士，五溪薏苡負將軍。而今詩尉名猶在，江上歌絃底不聞。

舟泊清浪灘次南總鎮韻

要把江聲一枕收，水瀠洄處泊行舟。石驅惡虎蹲灘吼，浪捲驚雷劈鏡流。客裏圓偏當皎月，沙邊聚郤傍盟鷗。江山如此休輕放，須與高朋爛醉遊。

横石九磯灘作

山入沅陵泉不飛，北溶水暖鮀魚肥。天生九片横江石，可惜無人作釣磯。

上鷺鷥灘

輕舟如羽翰，飛過鷺鷥灘。石乳泠泠滴，江風吹不乾。寒雲孤作枕，驚瀑合爲瀾。山水荔溪好，直從畫裏看。

潔灘即事

鯉魚風起大江寒，暮捲銀濤上潔灘。浪裏驚魂招未定，霧中歧路出無端。塞翁得失俱空易，遷客情懷欲寄難。最是平生驚險處，朱弘溪口恨蹣跚。

九日舟中有感

江上烟寒易作陰，授衣時節雨涔涔。架空石屋留人住，挂月銀壺待客斟。十載風波存病骨，一生山水是知心。天涯歸路孤舟晚，獨抱離憂向碧潯。

次鎮遠二首

翠屏雙倚作金隍，欲把咽喉鎖夜郎。天塹旌旗摇太白，江關名利笑空王。豈無九鯉仙蹤在，似建一瓴湃水長。十五洞前巖店客，年年歸路值秋陽。

重來倦客一娱秋，紅葉寒飛紫綺裘。非洞即溪花處處，不雲亦雨鳥啾啾。詎殊夢裏還鄉路，漫倚江邊聽笛樓。最愛石屏雙瀑布，并刀剪斷復長流。

關嶺題廟壁二首

一盤烟雨一晴曛，五十四盤高入雲。誰闢星辰開古刹，長留香火奉將軍。風中片片天花落，山外重重戰壘分。欲問南征當日事，勳名但結翠氤氲。

勛高萬疊嶺猶矮，峰擁一尊路自叉。風磴頻嘶紅叱撥，天鐘欲撼碧蓮花。由來忠孝皆成佛，豈有英雄不世家。到此身心空已極，好因山衲同楞伽。

貴州贈張撫軍三首

星宿高珠斗，光華燭夜郎。山河俱爛漫，雲漢是文章。從此瘡痍起，兼之虎豹藏。南中輝映後，家國倚封疆。

玉尺量才至，作人昔在滇。彩雲重掩映，金馬亦盤旋。聖主褒其德，黔黎得所天。還家經驛路，親見使君賢。

春臺存六詔，先此有甘棠。冰在玉壺内，爵移銅鼓旁。暖風吹黍谷，化雨潤膠庠。節鉞頻吾望，欲將金石揚。

《松韶集》卷一

正月十四夜與范弗如先生分賦，得三江癸丑

老友楊又仁徐雲客逝，因君思滿腔。獨看燈到舍，不放月過窗。劍匣光生壁，天河影瀉瀧。石湖詩自好，唱和恨無雙。

十五夜偶檢江鏡山詩，感而成賦

一卷故人詩，晴展上元節。故人萬里心，不覺化爲月。照我醒復醉，清輝黏衣潔。去年月曾圓，今年圓仍缺。圓缺亦偶然，相鏡無明滅。我有雙明珠，其光耿耿發。挂作九微鐙〔一〕，爛漫金花結。當節鐙愈明，得月而映徹。月能照交懽，又能照離別。

【校記】

〔一〕『鐙』，《滇南詩略》作『燈』。

十六夜示子

十年孤旅月，昨夜轉潸然。離合清光裏，盈虧濁酒前。身因勞役健，志在水山堅。尚有金枝鐙也好，雙花結紫烟。

寄江鏡山

去年回家自岱宗，帶來山色壓裝重。聊供醉後題詩料，暫息天邊作客蹤。鴻起天風吹別夢，鳥啼花樹棄雷封。有所指。只今一卧清江上，白髮争同積翠濃。

送人遊粤東三首

竹園村過去，北塞地名。入羊城。一路山花繞，三杯茅店傾。東風吹瘴氣，散作碧霞晴。莫信鷓鴣語，春寒正可行。

以浮山名。浮海去，送汝一帆風。千里羅山遠，與之膠漆融。雲邊常主客，花外自寵蔥。若愛扶桑日，天鷄一叫紅。

如箕蝴蝶大，展彩照羅浮。君愛文章好，應乘春色遊。隨風雙岳合，把筆五花收。東道主相待，多時虚石樓。峯名。

讀史二首

列國謀臣輩，我賢范大夫。當其事句踐，與彼文種俱。國政請屬種，自分上將符。力雪會稽恥，二十年陰謀。叶，蒙哺切。内以策計然，外以奪子胥。帥師五萬出，一舉而沼吴。號令於中國，會盟成霸圖。功成當引退，盛名難久居。扁舟載西子，飄然去五湖。五湖將何之，海上把犂鋤。齊印從何來，間行隨所如。陶爲天下中，可以通有無。致貲累巨萬，鴟夷忽陶朱。治亂非所關，耕畜聊自娱。不學處安者，七術自殺軀。其後虎狼秦，大有吞併勢。六國諸侯王，誰攖其鋒鋭。當時豈無人，縮項復卷舌。叶，食傷切。仲連以布衣，從趙申大義。開口不帝秦，秦即不敢帝。秦能劫六國，不能屈一士。叶，側吏切。當年卻秦軍，一言千飛攸。豈有兼黄金，而能買意氣。天留東海瀕，與人爲耕地。願學越臣蠡，亦自行其意。賢哉兩高人，富貴敝屣棄。

淮陰寄食漢，將署冠當時。自從將兵來，動挾風雷馳。背水與囊沙，膽破趙楚齊。功名至震主，能毋招忌疑。吁嗟以假王，殺身不自知。鳥盡弓藏日，置穽復設機。貶爵伍絳灌，兒女子侮欺。刻薄漢高帝，功臣不可爲。留侯取墮履，得與老人期。一卷圯上書，何如博浪椎。遂掉三寸舌，出爲王者師。決勝千里外，運籌在帷幄。數出高帝窘，功亦與韓比。退而寄仙鬼，三萬户早辭。以此保其身，世祠黄石宜。漂母遇城下，老人遇下邳。天生兩異人，點化英雄迷。一教以自食，一以忍教之。何孺子可教，王孫不足哀。用人爲人用，張高一着碁。

范弗如先生以詩稿屬余作序，未及報命，先贈詩六首

釜魚空把硯田耘，老去江邊范史雲。白雪調高頻屬和，紫虚人去恨無羣。紫虚觀訪汪道人有詩。吟成自作蠅頭楷，簡斷難存蠹外芸。稿本零落半存而皆自爲書者。獨有南村素心者，相從晨夕賞奇文。

工豈因窮亦已貧，袖中長卷爲誰陳。力支癸甲詩爲命，癸巳、甲午皆饑饉歲而詩最多。痛哭山河筆聚燐。稿中弔明末忠烈詩甚多。孤館辭來存馬帳，雙花咏罷失梁賓。先生好咏《並蒂蓮》詩，而夫人賢，已下世。一生風雅高名在，每對知音啓笑唇。

曉出北門去碧鷄，烽烟隔在斷崖西。曾避亂至欸莊，有《出北門》詩。綿裘寒自風中破，山鬼宵來路外迷。何處欸莊留客住，此時好景待人題。掀髯一笑千峰上，遂已中原息戰鼙。

何日梅花書□〔一〕散，滄桑遺老剩夫君。楊□〔二〕生諸公所同結社，今皆作古人，先生常念之不置。八千歲以春秋壽，九十年多翰墨勳。獨抱一壺冰自冷，又荒三徑菊相薰。誰知高義過孫宰，動輒懷人涕淚紛。杜詩：故人有孫宰，高義薄層雲。

【校記】

〔一〕原文脱一字。

〔二〕原文脱一字。

一湖澄水緑生紋，中有髯翁釣夕曛。何處非熊方渺渺，請看小鳳已羣羣。仙成但缺燒丹藥，先生爲余言銀翠一物，求不可得，得即成丹。愁破猶餘宿蘖醺。自號逸民應不忝，請爲舉白一浮君。

范叔一寒至此哉，陽春忽自曲中回。長歌底事時藏哭，薄俗何人不妬才。曩者懸金充駿去，誰歟好瑟立門來。爲君拔劍君須慰，莫倚東風哀復哀。

自題梅花書屋六十一小照

深山誰藏一塢霞，買斷春風家吾家。老翁捲幔常兀坐，優哉游哉過歲華。巇𡼏惟兹爲岢嶔，況有古梅大合抱。杈牙突從崖倒垂，就崖斷處搆重撩。屋後屋前屋左右，盡是梅魂攲斜繞。一半折枝一半枯，幾經盤錯花愈好。此時天寒地凍裂，北風如刀吹木槁。誰知人間穿石幹，獨含春色爛林杪。的的圓珠破凍早，翁一見之輒絶倒。看梅從來不草草。梅花國裏縱老狂，便欲自稱梅花王。梅花勸汝一杯酒，與汝歲寒盟莫忘，共保光華至千霜。此圖此翁年六一，飄飄長鬚黑如漆。顔如嵰山之紅雪，頭上不加漉酒巾。古樣衫裁紅罽氈，歷盡冰霜五十年，不屈平生稜節。翁亦梅花森傲骨，回思内患未消除，外侮何來困䞠𪗋。忽逢狼獨嘷河東，張口復來噬人血。拋郤一官去如覎〔一〕，『覎』與『瞥』通。歸來仍卧讀書窟。讀書窟在白雲邊，蝸角吾廬草一間。竹摇牕影花爲欄，磊砢滿地苔斑斑。猿鶴比鄰月往還，油素鉛槧常在手。朝朝披弄至黄昏，此翁前身馬文園，爲人口吃筆如椽。抽思乙乙若淹遲，一落剡藤便足傳。不作揚州官閣夢，倏覺孤山詩興動。䣛心酒凸欲醉時，題此長篇爲梅頌，不使花來笑人懜。

【校記】

〔一〕『覎』，原作『䫥』，據詩意改。下同。

又題六十小照

三十又三十，相形已衰醜。翻喜當耆齡，未白腐儒首。鬚眉太逼真，蒼然一野叟。倚梅非妻梅，梅花吾良友。除郤梅花外，蕭然無所有。誰其貌我者，東園誠好手。

癸丑十一月大雪二首

怪得寒生醉後衣，照人一片是清輝。作花故向花邊落，無月常疑月下飛。雲欲變黄方靄靄，峰全失翠又霏霏。平生白戰鄒枚敵，回首梁園事已非。

北風解妬遠遊冠，十載輕吹着鬌寒。一謝塵埃居白國，重看飄忽倚朱欄。畫中有徑皆皴斷，壁上無霞不凍乾。老我閉門僵卧在，清貧生計笑袁安。

雪中復得一律爲某作

一掩空山雪裏門，埋灰半死火微温。獨依爐畔寒相浸，不覺尊前積漸繁。亂點鴉翎愁斷影，欲消鴻爪愛殘痕。可能長夜飄如許，白到人間白壁冤。太白詩：白壁竟何辜，青蠅遂成冤。

題畫二首

霧閣烟牕畫不開，是誰結屋住厓隈。白雲似識有人在，常向峰頭飛去來。

滿天飛瀑雨冥冥，一帶青山是畫屏。樹裏人家深不見，斷橋流水繞林坰。

次來韻，寄答楊中丞壽亭爲其先人見謝之作二首時撫粤東。

吾將滇海月，揚輝照九原。九原雖不起，薄夫風以敦。先世值亂離，韓康隱市門。刀圭能解愠，腕挾熏風温。鄉里德其術，往往聚族言。倒囊濟人急，有金不自存。接淅憐人饑，有困不自藩。晚年結詩社，五華山下舊有梅花書舍。逸思如雲騫。積行數十年，陰已遺後昆。美髯宛在目，遐蹤脱塵樊。以此祠江上，清酹一招魂。

美德不可没，豐功不勝書。後先相輝映，卿雲自爛如。辟之滄海大，納川渫尾閭。憶登院課日，謭陋慚與俱。讀書昆明書院時也。愛君文章奇，屈向解先儒。雲泥一揮手，莫晚青葱裾。蹉跎四十年，掩户長欷歔。江湖與廊廟，風飈散吾徒。牽牛居其西，織女東一區。天河一間隔，茫茫星漢餘。昨化羅浮蝶，天路白雲衢。羽翼爲君成，栩栩玉林墟。五色爲君備，展采効微軀。

天風吹夢落，用附雙鯉魚。

莫春同陳玉文、黄亮臣、王愷然小飲甘公祠之南園，時值重葺，因爲主人賦之二首甲寅

酒熟花香客到來，便隨蛺蝶繞林隈。一簾山色當樓捲，幾樹東風是手栽。不放春歸雲共鎖，要留人醉閣先開。早知園内多佳勝，肯惜青鞋一破苔。

五畝林園一畝宫，乍來脱帽夕陽中。酒因知己情深緑，花是忠臣血染紅。欲答鳥吟方得句，偶揮麈柄亦生風。幾時天破鴛鴦瓦，煉石重勞補太空。

壽儲太守育民

太華小華岳，蓮花矗天半。千松作蓮鬚，飛霞是蓮瓣。蓮葉捲瀑泉，傾瀉長空練。恰對緑莎廳，秀翹呈玉案。峰名。歲歲至秋來，顔色倍煊爛。聽政蓮花前，紛披花如繖。爲雨復爲霖，三年施不倦，滂沱又隨車，且與天争旱。花外雜良頑，譸張時爲幻。一照公庭月，無能逃洞見。有所指。太華天下奇，亘古峙芳甸。仁守亦蓮花，滋榮於清漢。其壽誠相當，其品誠卓冠。今當

花甲周，百祥爲之獻。天風吹玉蓮，先爲壽考綻。

郭學博招看殘菊

爲園種翠霞，秋色滿籬笆。肯負連朝雨，而教獨自花。情多霜倍豔，清絶玉爲華。不放西風去，留香待客車。

望太華山三首

一朵芙蓉開對門，似經霜倒有崩痕。杜詩：霜倒半池蓮。鴻濛忽自花中破，紫翠頻從鏡裏翻。態變無時無猝獪，勢高一石一崇尊。隔池山似故人遠，招手天邊烟樹昏。

一帶籠葱化夕霏，多時拄笏倚殘暉。山容爲閲興亡老，石髓偏經霜雪肥。倒插峰疑從斗落，横來雲盡抱湖飛。明年定擬嵐深處，結屋三間就樹依。

暮色不隨秋落凋，時在立冬日。北風吹動黛眉嬌。横空一壁低寒影，拔地千尋打怒潮。似有龍蟠高樹頂，半教僧占碧山腰。相看莫笑歸來晚，從此投閑是久要。

賦得遠鴈入寒雲二首

淼淼長空去路斜，念羣聲忽墮天涯。帶霜應度衡湘至，入漢猶愁矰繳加。雲翮莫教風斷侶，水田何處荻開花。離居我有故人在，欲挂封書向落霞。杜詩：飛鳴聲念羣。

寄書不到隴東頭，斷續偏飛過玉樓。祇爲雲中堪避弋，焉能天上以爲洲。一行楚澤蘆花影，雙帶吴江楓葉秋。已入冥冥烟水去，尚沉幽怨數聲留。

偕何屏山出河隄訪范先生不值三首

春事多應在水涯，尋春一路到君家。那知人去五湖遠，門鎖東風幾樹花。

滿隄楊柳緑絲絲，江上春風更屬誰。擬共一尊澆野色，杏花又笑客來遲。

出郭尋來踏碧莎，夕陽門外鳥聲多。山陰興縱濃於我，其奈春光一片何。屏山，山陰人。

答何屏山春初見招看花之作

春來風日多晴美，二十四番花信始。寒梅一半笛聲中，桃杏花争照春水。七絶由來是名花，栽徧家家園子裏。忽復月臨春樹間，門掩梨花並仙李。更無人處發奇香，可惜芳蘭同草委。春花無恨自落開，處處千紅與萬紫。狂殺風流何仲言，遠辱招邀詩一紙。我抱春愁深閉門，幾負東風爛如綺。便欲從君荷插行，不惜對花一醉死。看花須看乍開時，雨後風前傷何似。春光雖好易黄昏，肯教花笑人鄙俚。

清明後一日劉别駕哲人招飲限韻，同王遊戎作

升斗不須論，酒惟滿本量。銜杯聚散情，積案風雲狀。狂自率其真，奢原非所尚。清明節已過，好景休輕放。

爲何屏山題朱赤谷畫《秋波放艇圖》

屏山抱環走萬里，索價不得向誰市。三年評畫聊自娱，畫手尋常稱朱氏。一朝持畫叩門來，云是朱君所手裁。不覺滿堂生秋水，風雨纖颯海門開。誰放扁舟畫裏去，盪入滉瀁最深處。一

破琉璃上空天，隨風去來迷烟霧。不作波間獨醒人，頻澆秋色百壺春。醉倒蒹葭秋水外，白雲片片飛滿身。醒來天地一俯仰，早已捲入桃花浪。酒鐺茶椀依然排，回顧童子青霞障。此樂童子知之不，西風吹老白蘋秋。人間那有萬斛愁。屏山若以此爲樂，歸去鑑湖一葉舟。不然偕我釣魚昆池頭，莫把明珠白璧去暗投。

壽劉別駕哲人四首時居蕭寺，誕四月九日。

昨會龍華瑞繞臺，四月八日浴佛，爲龍華會，見《荆楚歲時記》。誕生佛後亦如來。精盧連日慶難老，喜見優曇花再開。優曇開於佛誕日。

五十五年養太和，虯髯飛動玉顏酡。風波幾度經盤錯，骨自堅牢壽自多。

南風吹散幾重雲，放出碧天月一輪。從此清光環宇照，光中自有百年春。被論方質詞畢。

般若臺邊日正長，清和時節一稱觴。自官南極老人下，常照壽星一點光。

代夏學博壽儲公

秋風吹溽暑，化作彩雲《史》：彩雲見南中，因有雲南之稱。公即滇南郡守。飛。漢徒空紀郡，侯賢自有輝。清懸娥月照，香獻藕花肥。借得穎川寇，餘光願永依。時方題陞復留郡。

和梅健飛燕飲螺蜂之作

晴上衲霞屏，層層螺黛青。飛樓懸幻蜃，亂石聚寒星。山翠當筵落，松風吹酒醒。蛟宫曾到否，窅窱晝無扃。

題畫二首

無邊寒色在橋頭，水石粼粼一鏡秋。便好與君來卷裏，逆流一放釣魚舟。

西風吹落斷屋霞，白露晴開汀上花。一帶茫茫都是水，伊人何處但蒹葭。

重陽前一日留芳園雅集，得『雅』字三首乙卯

草淒一園霜，花雜石窕冶。潭影樹外空，魚魚復雅雅。感此蕭瑟景，攜酒東籬坐。紅葉傍

筵飛，因風上縹瓦。遠峰入亭來，蒼翠落㦀㝷。酒酣耳熱時，歌管從空墮。興與商飆發，愁隨簷溜瀉。與君共娱秋，不是悲秋者。

吹雨復吹晴，鎮日風颯灑。秋色一庭深，風雨一園鎖。冠蓋盡名賢，紫綬垂若若。不惜雙屐雨，來飲寒林下。霜花照人黄，霜楓照人赭。醉卧丹黄間，啼鳥一呼我。狂據石頭歌，商音皆大雅。昨傳佳什來，曲高而和寡。

吐芳暮雨中，置酒西堂下。舉杯澆其芳，因之弔忠果。所遺芳在園，傲霜豔於奼。氣節之所感，草木亦勁者。曲闌倚飛魚，疎簾捲野馬。磊砢堂外石，峰小雲亦惹。青天敞平臺，欲上愁雲墮。遺芳不勝搇，聊以盡三雅。

又得『集』字

輪困池邊樹，覆亭高如笠。水光結爲霞，飛上客衣溼。寒花滿地開，秋色儘堪拾。風雨近重陽，催向東籬急。有客隨風來，亦或帶雨集。鏡中一開筵，懽如五瑞輯。手把金屈巵，百川盡一吸。醉倚曲闌干，窺人魚跳立。

代人北上贈别顧山長二首

二年隨杖履，沐浴九經潭。日日金聲擲，霏霏玉屑談。公車從此北，吾道爲誰南。一片庭前月，光常照遠驂。

一室芳蘭氣，氤氲入翠嵐。春風風不已，吹上北征驂。時雨成通德，朝霞爛綺談。陸機詩：高談一何綺，蔚若朝霞爛。去將立門雪，獻闕一朝參。

梅明府健飛招引螺蜂，同姚南甯、王鎮南

碧岑佳處故人居，買斷煙霞作玉除。屋後天門通有路，花時尊酒笑攜余。颸颸風掃題詩壁，冉冉雲生織翠裾。招手一呼山月出，清光相送下林墟。

春初再遊圓通寺

東風吹破碧芙蓉，滿地崩星争作峰。因厂爲宫居古佛，連雲化石見寒松。陰厓慣宿飛來鶴，深殿空關出去龍。僧言殿中盤柱雙龍，有時飛出。好倚夕嵐重縱酒，山間狂醉或能容。

送劉别駕哲人北歸，時立夏之前一日

一官險巇真可怖，庸固不勝才亦誤。豈有簪組不可爲，弗合時宜因見忤。河東豺虎已自戕，青天白日照邊疆。縱有彈章時入告，白簡但飛公道霜。分守思茅劉别駕，經濟不在君章下。進退人每惜展禽，和亦如之不相亞。軍門一怒震雷霆，動摇山岳聾聵驚。半剌當之若無人，徐脱烏紗繳公庭。相逢蕭寺春風裏，酌酒與君歌下里。花開花落兩度春，共把升沉付逆水。誰料君恩寬又寬，詔賜無罪放歸田。驪駒正及竹秋發，送君兼得送春還。如君之才不能官，我輩迂疎復何言。祇合退耕舊栖山，不怨風波昔無端。爲君搔首一問天，前途暑雨勸加餐。家在黄金古臺邊，駿馬踏來臺欲平，如君之才那得閒。

代邑侯楊公題《秋林課子圖》

一行作吏多俗態，山鳥見之亦驚怪。奈此簿書鞅掌何，耕山課子兩荒廢。豈不回首舊園林，王事敦我甯割愛。有子隨宦未成名，授書但勞塾師代。朝曳長裾暮牽緡，風塵面目那堪繪。以官而隱如公者，樂事種種在園内。公餘坐倚老樹根，早得山水之三昧。西風吹起葉滿天，遠峰浮翠飛娥黛。一片秋光逼人寒，不以聲華教兒輩。大兒繞膝小兒來，相將惟與聖賢對。露滴瑶編字句涼，書聲時雜鳥聲碎。霜花似笑折腰人，影瘦執經請業外。滿把摘來共娱嬉，不知父有緋魚袋。白雲紅樹好風景，肯把流光抛轉背。以我塵容一披圖，對之不覺有餘愧。還君此畫重徘徊，我欲攜家返東岱，不爲秋風思菰菜。

爲周别駕題《秋林課子圖》三首

秋色毿毿放一籬，白雲倒挂在巫巖。官閒掃石晨開卷，不讀淵明責子詩。

樹老雙根穿石頭，趺根一課碧山秋。不知何處天風起，忽捲書聲入瀑流。

空明一片照秋光，快絶移家住石塘。天爲人開行樂地，即無風雨亦重陽。

九日擬登高嬴峰，聞梅明府與吕、陶兩太守先結伴在上，佳客滿座，惟立馬遥望而回，戲作此詩以寄

高莫高兮望裏嬴，有人戲馬在層峨。好開倦眼收晴色，狂倚飛欄發浩歌。籬菊依禪花倍豔，霜楓解醉葉先酡。嘯餘何處孫登在，畢竟秋光頂上多。

賦得健飛九日同諸公登嬴峰之詩，復疊韻奉和，並柬呂、陶兩太守

天生翠黛幾層螺，隔斷女牆勢愈峨。無意花偏隨帽落，多情鳥故傍筵歌。江山夕照秋重畫，尊酒懽顔暮共酡。借問登高前日客，更誰攜得白雲多。

咏殘菊

曲闌干外是東籬，不盡西風又幾枝。一瘦歲寒松柏外，真如倦客醉醒時。歷霜有骨應長傲，荒徑無人祇自持。可惜三秋重卧病，放過佳色竟無詩。

答江仙衣見訪之作

一别京華二十年，年年消息斷烽烟。風波不死我仍在，鳧舄飛來君自仙。見過每從松樹下，論文重向酒尊前。何期下澤重攜手，萬里西風吹月圓。丙辰八月十日。

解館後，賦謝宫監司二首

爲愛蕭森竹幾攢，日聽花外報平安。已抽時雨班班筍，又養清風籊籊竿。踈影上窗隨月過，

碧鮮無賦與人看。孤飛何處啾啾鳳，一爲琅玕息羽翰。

寒香一樹亦奇哉，借問何年帶月栽。歲久但存霜幹在，花時猶映紫霞開。已從東閣吟詩罷，曾向西湖有約來。多謝梅花情意好，春光飛滿讀書臺。

官渡訪同年熊廣文公持二首

出郭沿流去，藍輿曲繞畦。灣環千萬水，盡入野橋西。咫尺故人在，瀟瀟烟雨迷。落花行處滿，知是近幽栖。

楊柳陰陰合，柴門向逆流。近湖無六月，留客有層樓。鳥與飛花落，簾將山色鉤〔一〕。依依杯酒外〔二〕，一片緑盈疇〔三〕。

【校記】

〔一〕《滇南詩略》作『舟隨野渡浮』。

〔二〕《滇南詩略》作『安能載樽酒』。

〔三〕《滇南詩略》作『常共話青疇』。

湖心亭和韻三首

九龍都去盡，湖水尚泠泠。烟雨藏深壑，風花飛滿城。亭中休醒對，鏡裏覺涼生。爾是多情者，溪橋載酒行。

小湖三十頃，一半种紅蓮。照水千花爛，蒸霞一閣然。南風吹雨至，白鳥破烟還。爾但納涼坐，莫驚海變田。

幽期如可約，重醉白鷗邊。漁唱波心雨，農耕水底天。稻花香漠漠，荷葉淨田田。一笑水亭上，晴虹斷處妍。

魏、蕭二子讀書大德寺，醉後訪之二首

層層殘照路，偶一破階苔。嵐翠黏衣溼，湖光潑殿來。草根蟲語歇，松頂鶴飛回。肯許陶彭澤，醉登般若臺。

雙塔如雙柱，千尋碧漢撐。天風吹塔動，三十六鈴鳴。山色生虛牖，夕陽照化城。如來金

粟外，與爾聽秋聲。

即席壽某軍門二首有序

曾畫麒麟，頻開黄閣，所簪玳瑁，半是青雲。存三徑之菊松，人歸摘露。徧滿城而風雨，吏到摧租。斯時也，節近重陽，星臨南極，好是懸弧之旦，欣從獻紵之交。花綴錦兮籬邊，筵鋪瓊於堂上。碧山不負我，商量買斷層雲；緑酒能醉人，需次傳來三雅。熊常飛於夢裏，鶴又唱於曲中。鳳既噦而龍既潛，筆亦歌而墨亦舞。諸公衮衮，懽騰孔杏之壇；時成詩於講學之館。七律章章，争埽江花之館。遂使風雲壯色，倏起丹丘；還教月旦輝光，平分珠箔。僕一生高興，到處題詩；廿載深情，相逢投轄。徑諳二仲，敢稱客是羊求；詞不九天，那得風生珠玉。然而少耽小技，頗擅雕蟲，今祝長生，先來放鴿。我則繡難成虎，君則杖已刻鳩；我則蒲柳之姿，君則蓬萊之監。願如山如阜，常開一百歲之笑顔。而以雅以南，聊檢十一真之聲韻而已。

菊當重九前三日，早識東籬值令辰。香裏謾稱延壽客，菊名。庭中齊到履珠人。滿筵松籟風吹鬢，上臉桃花酒號春。唐人多以春名酒，如婺尾春、梨花春、石凍春之類。自是天容吾輩醉，放教狂笑老江濱。

閣中尚有畫麒麟，又敞東軒燕客頻。黄歇賓朋皆俠士，劉綱夫婦是仙人。一庭雨露菊開早，滿紙烟雲詩搆新。退笑香山遲十載，迷花歲月獨無垠。《白傳》：七十致仕，軍門歸來，方及六十。

夏子儒七十壽詩三首

先得陽春不讓梅，晷從南國爲君回。遂根子氣黄鍾始，便作人師絳帳開。伏勝傳經臻上壽，楊震平聲講席兆三台。秖因道在錫難老，碧薤青蓮總亂猜。

近來俗學日紛綸，不坐春風那得醇。川障狂瀾須底柱，甄歸宗匠盡陶鈞。誰知苜蓿爲芝草，一任冰霜有竹筠。若以作人稱壽考，幾曾七十一髭銀。

烏衣王謝指君家，堂繞巴山江水斜。錦里先生尊祭酒，丹邱仙長醉流霞。社鄰碧鳳雲中穴，即碧雞。人是紅梅雪裏花。見説曾孫今歲得，門生況復有侯芭。

答周致中見贈時來結鄰。

一從占斷落花津，十度津梅獨自春。豈有白雲堪贈客，且來明月與爲鄰。話深紅罽衫温夜，興在縹瓷酒醉晨。早晚經過不嫌數，硯田欲就耦耕人。

范先生顛躓傷骽，詩以問之二首

自從聞蹷趄，兩月隔城南。傲骨終難折，老年何以堪。梅花開繞屋，竹葉醉傾壜。且自銷殘臘，擬於春就談。

世路盡崎嶇，踉蹌何處趨。不因買醉出，定是爲饑驅。紫蓋鶴安在，張正見歌：紫蓋山中騎白鶴。葛陂龍不扶。曾期遊五岳，蹩躠可能徂。

再以詩慰范先生予亦卧病。

卧病兼旬不出城，閉門涕淚感餘生。晴花笑我欒欒瘦，臘酒同誰細細傾。繞郭鴨頭春水緑，挂檐魚尾莫霞赬。怪君好插紅塵腳，歧路蹩跚有此行。

卜居時病初起。

卜居常不得，聊傍古城窪。衰老仍無着，吾生未有涯。春風蘇病骨，晴日試寒花。何處醉鄉在，結鄰我欲家。

送人下第，省親松江二首

花樣如今又不同，東歸攜眷去怱怱。陸機兄弟讀書處，舊在平原村落中。

老萊五色衣着霞，少萊五色筆如花。能兼二美娱親去，光彩騰騰照鶴沙。

小莊謾興二首

油菜開花十畝黄，春田蠶豆莢新長。不知滿地谽谺石，曾是何人所牧羊。

江上盤龍向郭纏，春風吹緑滿江邊。好將阿育天山馬，來放東郊苜蓿田。

登太華山五首

振衣淩絶壁，把酒看春晴。海闊天重裹，岩懸日倒生。枯僧如怪石，老樹化山精。多謝松風好，颼颼吹客情。

翠塢松花謝，鳥銜過上方。與僧坐圖畫，滿目是興亡。江倒穿天下，雲低抱郭翔。萬峰落吾手，難怪老夫狂。

少華太華上，千樹萬樹間。湖作美人峰名。鏡，隔烟照玉顔。鐘聲偏繞客，花影欲遮山。一俯羣峰小，兒孫見杜詩雲外環。

不試登臨屐，焉知天可捫。竹鷄啼紫翠，山鬼嘯黄昏。横笛吹崖裂，倚樓怕蜃吞。山深吾欲老，肯使有驚猿。《北山移文》：山人去兮曉猿驚。

海棠魂斷處，酹酒一招來。辛稼軒詞：風雨空山，招得海棠魂。烟雨梁王夢，風騷郭子才。山人郭舟屋。霞燒縱壑火，瀑響破山雷。歲歲春風在，昔人安在哉。

咏優曇花三首制軍觀風題。

無量花開豔一叢，不消二十四番風。妙香國把春歸夏，祇樹園兼白與紅。未是娉婷天女散，難教色相法王空。誰知憲府雕欄外，雨露濃於組□[一]中。妙香國即滇國。

【校記】

〔一〕原文脱一字。

曉向熏風認法華，佛花今爲去聲上公花。欲將皓魄争新月，特應金姿發寶芽。樹比娑羅香更遠，根移蘭若种原嘉。人間空作靈葩夢，不到名園總浪誇。《志》云：亦娑羅樹之類。

高僧遺種在河滸，上苑分來玉露新。自是一花成一佛，直教三夏壓三春。心芽意樹偏多豔，風片雨絲亦淨因。獨喜龍華今有會，攢葩駢葉豔陽辰。

王總戎誕晨

君不見，東岱宗，五岳之長倚天雄，千山盡在所部中。又不見，太白樓，太白樓在濟甯，即其家處。高以青天作糟邱，一老狂名俱千秋。人生百年爲上壽，惟有勳名能不朽。江湖廊廟豈徒然，要握鴻濛常在手。賢哉瑯琊大道王，朝讀陰符暮釣璜。釣得璜來遇明主，三年扈從除廣昌。一歷官湖湘而西粤，紫犵花苗爲草竊。將軍叱咤生風雲，提師十萬搗巢穴。笑謂鼠子不足取，一鼓埽平無餘孽。伏波功高謗亦生，欲畫麒麟畫不成。天王明聖辨明珠，盡教薏苡化爲冰。近者滇黔多壁壘，詔遣將軍鎮越嶲。九尺身騎鐵連錢，長劒腰間佩秋水。不知何處鏡中霜，飛上將軍鬢益美。手挽三石雕弧强，排陣五花擅長技。以此訓練得精兵。練兵甚勤。那有鯨鯢敢縱横。作爲詩歌以見志，鳳凰三十六聲鳴。釣竿之吟屬洛誦，似有魚龍中飛動。暇仍江上釣烟雨，忘卻熊羆久已夢。值君誕晨爲君歌，歌君歲月不蹉跎，歌君事業堪不磨。千花於此知獻瑞，春風得之壽筵多，且爲將軍滿斟金叵羅。

王總戎鎮開化，去後卻寄

未盡相逢所欲言，忽消別路黯然魂。要隨玉勒桃花去，空望金鱗甲胄屯。界斷九真銅作柱，營開八陣戟爲門。可堪歲歲風雲散，獨掩柴關老樹村。

陳玉山偕王總戎之開化，出餞石虎岡，不知其道別出，惟與總戎一别而歸，悵然有作並寄

消魂何處是河橋，舞徧絲絲拂馬條。豈爲離情牽萬柳，真成歧路出重霄。雨生紅粉蓮房溼，風起緑波翠帶漂。欲把樽前半輪月，照君一路去迢迢。李義山：咏柳長時須拂馬。

壽儲太府

前年甲寅周花甲，龍池飛香蓮捲葉。祝公花甲更一周，何人不放金籠鴿。去年旃蒙星在乙，行年六十又加一。祝公爵與齒并增，九重丹詔年年出。今年旱魃出人間，要燒龍鱗龍伏蟠。誰

把天瓢取海水，倒灑恩波徧大千。一埽旱沴惟召父，春風風人夏雨雨。有德能呼雲雷至，畫龍也從壁上舞，造物遺憾旋即補。吾聞活人多者壽，以活雨者計，壽可更僕數。又况政中廿澍多，詎止滂沱膏下土，祝曰『宜永受天祜』。君家住在兩湖中，湖光日日盪心胷。遂闢文章之絕境，筆底波濤怒撼空。在陸草堂多奇作，簡古往往造盲左。六雅爲文濯濯新，萬卷讀來亦能破。洎鐸膠庠祭酒尊，經師人師合爲門。先公道德屈世人，至今學推荆溪醇。五馬風裁良有以，十年爲官貧如此。那知人間不朽業，早垂五色飛雲裏。朋也臞民太瘦生，落魄江湖人所輕。誰空馬羣憐伏櫪，仰首伯樂忽長鳴。伯樂顧謂馬曰：此老驥，九方皐見應賞識。馬則何知敢龍驤，冀北聊以老其鄉。我有爲心一明月，西風吹起光皎潔。吹上太華巔，照見使臣節。一照酡玉顔，再照生仙骨。滿堂華采秋光潑。月乎，月乎，勸爾一杯酒。發爾清輝一獻壽，千年萬年爲我常照賢太守。

杪秋登嬴峰眺望西山二首

誰是登高作賦才，詩狂買酒上重臺。迷蹤逐逐因風合，秃鬢蕭蕭落木催。破寺空山秋色裏，殘花亂石夕陽隈。碧雞一去歸何所，烟水茫茫招不來。

西風吹老碧天秋，六詔興亡一倚樓。事去千年猶有恨，花深一徑自無愁。當筵怪石如人立，垂岫長虹化霧收。鎮日寒松聲裏坐，翠濤飛上紫繒裘。

咏雪用東坡北臺韻二首

夙守師訓，不作限韻步韻詩，辱承諸君子數數以瑶章見示，命步此韻，聊一破戒，終無興趣，姑應之而已。

大如手掌忽纖纖，但覺寒威白晝嚴。把酒相看疑對月，隨風倒捲認非鹽。輝生獵獵破窗紙，愁壓層層鼓瓦檐。况復郢詞皆白雪，老揮秃筆和無尖。

亂噪寒林日暮鴉，凍雲粘地破輕車。數年未有今年雪，六出争妍五出花。何處紅塵迷客夢，真成白國滇爲白國。住吾家。興來學覓訪人路，已斷三歧陌上叉。

送梅健飛回宣城

相逢一笑百花中，相送征驂東復東。持贈獨慚青玉案，陸龜蒙詩：持贈敢齊青玉案。論交常念紫芝翁。已教靈運哦春草，誰似蔡邕識爨桐。分手紅亭人去後，衹留明月照孤篷。

抱母井柬李太守

抱母井在鎮沅之威遠州玄龍寺，即井之峰頂，以下三十六詩皆在寺作。丁巳。

青莊三十里，一峽束青天。人截中流住，家分九井煎。幾時消戰甲，百濮盡歌絃。我爲筆耕至，秋風熟硯田。

讀書元龍寺爲門人李□〔一〕載作

晴雲飛瘴嶺，長笛許吹來。明月生虛幌，天風起暮臺。香尋紅翠宿，書老白蟫開。知己平生少，於茲得雋才。

【校記】

〔一〕原文脱一字。

代龍街即席次韻

淡濃山色照筵餘，獨感知非老到余。是日祖餞學臺，又值余五十生辰。尊酒情懷流水外，杏花村店月明初。自慚俗吏無仙骨，謾倚春風送使車。回首銷魂江岸路，應成一卷紀遊書。

代壽孫學臺，時以試事，自大理至楚雄

文心百種百花紛，采徧南中挹露芬。冰雪帶來從巀嵲，點蒼峰頂六月積雪。輶軒過去是風雲。輝生南極老人位，雨化北門學士文。遥望龍門千仞上，層高直與五城分。

代送井大〔一〕使丁行我入覲三首日照人，陞任黔西牧。

五年官此水，官比水尤清。今日朝天去，瀠洄水亦情。過門先海曲，别井出山程。多少送行者，黯然淚滿睛。便道至家省母。

萬里庭幃月，空明一片光。分光照九井，五載一弦望。山色入裝重，鳥聲催客忙。離心隨去馬，直送到萱堂。『不如歸去』，杜鵑聲也。

不共勞王事，那知賈父賢。籌邊資善策，談藝得佳篇。酒浸千山月，花開一塢烟。悠悠成此别，分手各茫然。

【校記】

〔一〕『大』，通『太』。

寄李太守坤元

寺門深閉萬山隈，罷講西堂静絶埃。頗有禪心花笑客，久無詩興硯生苔。連朝風雨歸何處，積雨匝月，數日忽晴。一日暑寒變幾回。使者不來秋早至，月明獨自照香臺。

七夕前二日有懷坤元

獨向空山枕一經，松關常自護雷霆。日收秋瘴隨風緑，筆帶晴嵐落紙青。河影欲填將駕鵲，當在七日前後回家，故云。書聲才歇又飛螢。何當坐我層雲上，高義重重作翠屏。

七夕有懷張易齋、李坤元兩太守四首

閑堂寂寞望明星，不信天邊鵲有靈。好倚山泉吹紫竹，夜深吹與老龍聽。

山氣冥冥雨又晴，白雲飛處一先生。人間未有橋能渡，長恨秋河一道横。由井去鎮沅至押長間一大河，秋來水漲不可渡。

歸鳥飛飛花樹枝，昏鐘晴起殿臺遲。西風吹破山頭月，一片寒輝照别離。

倒盡花間雙玉瓶，小窗斜倚碧瓏玲。張顛不至謫仙遠，偏對牽牛織女星。

並蒂鳳仙有序

寺號玄龍，山名丹鳳。爰生海納，特異駢頭。彈爛熳之絲，月下落花流水。倒鴛鴦之影，風中翻翠舞金。仙子何來，情種定分。瑶島女兒，自好長門。不買金錢，豈同諼草。宜男吐英，黄鵠休道。菊花有婢，配德彩苞。早時已結之緣，何處相思之種。枝之連理，自古爲祥。草有同心，可今無句。因爲排律，不負仙莖。

淨土多名卉，靈莖出畫廊。紫霞分片片，紅露契瀼瀼。覓偶從何處，交魂是彼蒼。烟迷雙舞鳳，蒂合一求凰。深院不相妒，微風互有香。頡頏連蛺蝶，草木也鴛鴦。納子禪方闃，女兒花並芳。得名同李后，無恨賦江郎。耦欲嬌孤旅，枯還笑梵王。秋風嗟獨影，曉豔結成行。播德爲嘉種，將葩作瑞祥。鍾情如我輩，盡爲覺花狂。

代送尹制軍入覲六首

九重喉舌寄封疆，萬里天休旄鉞將。秉憲西南高虎拜，立勛社稷是鷹揚。玉虹獨感精誠雨，白簡還飛公道霜，即看陰陰千萬樹，中多召伯芨甘棠。

卿雲爛熳奉朝暾，五色分來彩照存。重采蕙蘭滋白露，觀風得士頗多。幾番溝壑起黎元。請發帑賑飢。爲屏直是干城衛，不律能教黍谷温。善必歸君臣盡分，肯將碎葉紀私門。

學術深醇未敢論，遠從枝葉測花根。六經妙藴開尼父，五嶽置身是岱孫。一出風雷餘孽埽，謂平倮苗。雙雕梨棗法家存。《斯文精萃》一書刻出。五年憂國憂羣庶，字字封章心血痕。

白羽扇纔揮五戎，烽烟化作月朧朧。武侯擒縱出師苦，司馬文章諭蜀工。大渡河邊開玉斧，點蒼山外養鴻濛。從今爨僰安耕鑿，共道撫夷蓋代功。

謨猷入告出巖疆，敢把帡幪大厦忘。薦鶚初知天有路，登龍其奈那無行。北門鎖鑰風雲動，南國棠花雨露香。此去拜颺兼定省，君親復共覲星凰。

山城小吏望旌旗，迢遞心隨雁影遲。鐵鎖驚流飛浩渺，銀生險道隔厜㕒。斑衣欲舞青霄近，黃閣方新白髮生。太翁，相國也。九鼎山名。氤氳佳氣在，殷勤欲獻倩風吹。

宮監司五十壽，自鎮沅李太守署寄以詩

夢飛蝴蝶枕，宿直斗牛箕。變幻隨元化，精靈洩兩儀。西陲開鄯闡，地名。東表峙嵎峓。地

名。海望北冥大，波摇太華危。江山雄二國，文物照重曦。共道恩流洱，那知派出灘。鄭公鄉擇里，先世德爲基。室作層堂肯，厦傾一木支。志存綿閥閲，貧不費吾伊。金玉三墳琢，笙簧五典吹。翻經憐鐵擿，冶古事爐椎。一夢吞丹篆，五常異白眉。遂工盲史筆，用寡吉人辭。文多法先輩短篇。講學施融帳，讀書下董帷。鱗騰霑化雨，及門亦掇科。鶚薦負天颸。巍科。東箭雖才美，南宫復路歧。明珠探在握，滄海恨多遺。屢誤曲江晏，終邀好爵縻。皇華觴采石，旅館弔湘纍。險句五溪得，藏書二酉山名。貽。駐輿尋勝迹，戲彩得佳兒。一帶名山好，經年使者馳。孤虹飛鐵鎖，雙舄入金龜。山名。爲父爲師至，一琴一鶴隨。紆迴金馬路，來往碧鷄祠。革故歸銅印，恩樂改土設流之初，公即令此。撫新不繭絲。學全興黨塾，言且化侏離。闢土城先建，種花露已滋。陽春因有腳，黑水必窮湄。天洞山名。懸飛瀑，部河急渺瀰。郡欣來杜召，民盡起瘡痍。無忝二千石，亦徵福禄茨。孔光能薦士，汲黯重聲施。爰以旬宣佐，平分筦鑰司。量沙頻轉粟，濬海兼司水利，歲春浚海口。似乘樏。倉庾開心計，牙籌入手持。雲同秋鴈到，謂誥封。冰使夏蟲疑。圭璧成雙美，箴銘警四知。芝棠旨德樹，向日有心葵。漸看勳名大，肯令德業隳。位尊南極上，意似不其地名。時。三徑叢焦竹，一枰賭墅棋。頗多公暇樂，不使吏情羈。操鑑無遺美，拔闈直起衰。朱衣隨點點，玉筍列猗猗。盛覽真佳士，丙午分房得劉雲臺卷，甚喜。相如作老師。虚懷誠若谷，好義每捐貲。由近施於遠，以高禮所卑。傾囊投困乏，決海潤黔黎。人庇帡幪蔭，政連家室宜。庭階森玉樹，伯仲叶塤箎。膏沃光應燦，根深實自垂。窺斑聊用管，測海不勞蠡。八月仙槎到，中秋匹練熹。瓊樓歌水調，金粟落花枝。天宇澄澄淨，瑩光皎皎規。浮雲無處所，朗月欲盈虧。降嶽當清景，誕八月十六日。佳晨騐壽祺。山川皆異瑞，遠近共龐褫。忽到知非候，都稱難老姿。去年函丈地，憲府珠箔簃。金匱牙籤亂，石欄花草移。屏風横翠黛，疏綺透玻璃。檻外書聲繞，坐邊日影移。執經來就講，問字必求奇。賢嗣掞文藻，東君過履綦。小樓招輒聚，久話覺忘疲。漏聽銅龍滴，輝憐玉兔闕。白波酒名。連月卷，紅友酒名。醉秋宜。酩酊寬觴政，吟哦和郢詞。雕蟲慙小技，華衮叨榮推。藥石從仁傑，齒芬及項斯。叔牙知我窘，匡鼎解人頤。卒歲堪相慰，入春苦善疷。貧緣爲宦拙，學爲浪遊遲。縱具邊韶腹，能無方朔饑。安居誠不敢，行役欲何之。遠札路千里，故人天一涯。蘭津橋名。朝跨壁，石鼓城名。暮登陴。竟入銀生府，才登波弄陂。地名。莎廳姑就館，蘭若喜迎崥。移館於寺以避暑。一一見諸子，徐徐問阿誰。玉山行朗映，風骨看岐嶷。頗有春風在，豈無夜雪私。閫堂難遽進，雲霧總教披。所至收英士，靡窮是教思。他山攻也可，吾道樂何疑。太守資園先生文章伯，先生華皓耆。飲醇無醉醒，退食自委蛇。共蠟登巖屐，分擕挑蕨劍。枕流還漱石，説禮復敦詩。泉石爲朋好，盤桓送日居。置身高緑谷，山名。回首憶昆池。此日花延壽，菊名延壽客，滇於七八月即徧開。多時人祝釐。充庭珠作履，繞膝石名麒。已唱曲中鶴，又飛夢裏羆。紫薇花樹照，堂前樹正花。絳縣老人期。愧隔鳳凰嶺，未稱瀏鶘卮。祇憑千里月，遥寄萬峰思。倘或采巴里，雲藍即菌芝。

中秋二首

瑶臺含宿雨，不覺已秋深。山隔千層瘴，寺蒙一片陰。亂螢飛聚水，陣鳥倦還林。斷酒於兹始，中秋亦不斟。

無月照山寺，高懸夜雨燈。風摇紅柏子，霧隱白頭僧。竄鼠窺欹瓦，吟蟲抱古藤。聊談梯筯事，一謝盍簪朋。

雜興二首

忽到菊花時，那堪奔晷馳。名原天地忌，情是古今癡。雨霽山多態，霜嚴樹轉滋。向來迂懶慣，白日枕皇羲。

早晚尋幽處，秋深事事宜。日高開紫霧，樹老長金芝。閒坐生雲石，愛看濯月漪。青琴流水外，或者有鍾期。

九日二首

精舍千峰上，不登亦已高。菊寒纔有蘂，松老欲無濤。聽瀑泉過枕，飲僧藥浸醪。山中閒無事，祇將詩自豪。

嵐飛紅帳外，人在白雲陲。啼月愁猿狖，嘷風過虎貔。老驚佳節到，拙與深山宜。相顧二三子，朝昏自悦怏。

代送友人入覲四首

同入雲霄薦鶚書，秋風萬里獨先余。送行欲把山間月，一路照君上直廬。同邀拔薦。

忽聽西風斷鴈聲，碧山一片故人情。離心我且遥飛動，化作晴雲繞旆旌。以札見别。

千金輕似一鴻毛，不讓古人意氣豪。憶在雨公山塞夜，鼓鼙聲裏月輪高。昔同委辦糧運，隨營至烏蒙。

只恨千山萬壑深，迢迢天外白雲心。客程行到冰霜盡，直與陽春入上林。

元龍寺偶作

爲有東林約，一年住翠微。枕流清遠夢，拄笏倚朝暉。水學驚蛇走，山如孤鳳飛。不因來入社，酒德衹今非。

即事

雙架葳蕤藤互交，轟雷昨夜拔神蛟。老僧不管風花事，一任明珠滿地拋。

鎮沅感興二首舊名按板橋。

晴看圖畫一支頤，畫裏江山百戰遺。軍戍霜空寒角斷，林墟春動野梅知。夕嵐化霧郭初冒，囊刼成灰風又吹。欲問滄桑十年事，巢居濮洛總侏離。

血戰乾時花草斑，春風早放出巖關。亂餘古寨風雲在，醉後高歌歲月閑。孤障層城懸頂上，千山一水繞中間。誰將文治爲兵甲，遠控西南烏白蠻。

《松韶集》卷三

呈貢道中二首

破曉肩輿出，涼風淅淅吹。荒岡流水外，細雨落花時。海氣空明照，峰陰邐迤隨。爲看遠山色，小歇沙塘陂。

盤迴曉山腳，山斷忽平田。細路穿塍滑，飛花落帽鮮。農家依海岸，僧寺挂巖顛。鎮日霏霏雨，耕耘亂一川。

晉甯懷古四首

一泓凝碧鏡高城，鏡裏幽蹤一一明。只道威侯能有子，誰知天女善行兵。陽城堡廢英風在，大甫縣荒戰壘平。忠烈至今存廟貌，五苓遺種過猶驚。

石子坡前水倒流，金沙寺外紫霞浮。金羈何處收龍馬，青草長年戀石牛。兵向梁王屯處息，樹偏聖女廟邊稠。聖女廟在塔墩，剖樹得其像，故廟焉。戰場久作絃歌地，文物衹今似舊不。

蓮峰大士是神僧，來斲青冥最上層。隨手飛雲化丹艧，挂巖明月作心燈。空山流水人何在，伏虎降龍世所稱。擬向浮圖問遺事，五龍盤處嘯孫登。

天城門內落花深，天城門外秋氣陰。一片湖光白漾漾，幾重楓樹紅森森。太平不倚將軍石，大雅誰高學士岑。往迹既湮風景異，九井三山亦難尋。

出東門書所見

茅屋山村老圃家，盡編苦竹作籬笆。纍纍實結秋田雨，誰種東門二頃瓜。

初入山有作

何年萬壑千崖裏，得分南宗又北宗。未到天門尋覺路，西風先墮白雲鐘。

睡佛亭作

一帶飛烟九疊屏，翠螺都聚夕陽亭。山光豁我登臨眼，肯學如來睡不醒。

又題睡佛二首

一睡三千刼，何時醒過來。盡將山水趣，付與別人猜。

睡佛常自睡，活佛常自活。共此白雲巖，金粟兩菩薩。

題盤龍樹

婆娑古柏舞天風，兜率宫前翠欲重。雲是神僧手親種，盤空直上也成龍。

遊盤龍寺雜詩二首

久矣向平婚嫁周，去遊五岳始龍丘。蠟成一試登山屐，鏡遠孤懸看海樓。字字荒苔埋贔屭，聲聲暮雨叫鉤輈。幽崖誰作烟霞主，塔外容輝淡碧秋。

遊徧秋山九禪寺，上方才打夕陽鐘。一層香火一層翠，萬壑風雷萬壑淙。時有巡廊金項虎，頻來聽講白髯龍。憩餘更借支公鶴，騎上飛雲又幾重。

伽藍大殿

五百旃檀海，此殿首建刱。江山佳絶處，遂爲緇所匠。匠之破天碧，朱甍開門閬。巋然臨世尊，三十有二相。紺宫爛如雲，欲敵曹溪壯。我非佞佛來，亦得聞梵放。清晨擊雲板，咒食齋堂上。香飯集羣僧，鳥亦入僧行。前將結搆意，一一問禪將。荅云百年來，棟宇幾興喪。所仗神師力，佳氣至今王。嗚呼古招提，袈裟曾無恙。誰能副迦葉，得正法眼藏。徒有守殿人，青霞以爲幛。爲念開造功，遺我清絶況。古人去已遥，我來將焉仰。徘徊老樹根，何處來樵唱。

蓮峰大士肉身

不破則便有，能破則便無。偶説蓮花偈，二語誠寶符。以此見其性，六窗俱應呼。以此成功德，片雪點紅爐。要從濁水源，一照摩尼珠。得其無形者，遺此有形軀。師雖涅槃去，終不死故吾。門人塔其身，千花嵌浮屠。陰厓奉遺稿，儼類山澤癯。葳蕤九華帳，白雲承跏趺。冥坐五百年，道源常不枯。我來呼明月，招手向晴湖。照我金仙子，相將玉鏡孤。高山流水外，千古一苾芻。生死無生鄉，前身行者盧。塔外風雷護，塔中舍利藏。巡山之啞虎，時繞到迴廊。碧雞紅翠啼，老鶴舞空堂。道能感百靈，法自神空王。請爲波羅密，敬爇降真香。

斗母閣

飛磴一層層，十上九倒退。滑㵄破苔錢，梯雲入香界。寺門柏陰陰，夕陽響僧唄。一間粉亭開，七級花宮壞。南斗北斗間，星晨燦若繢。肅肅紫薇垣，清氣流沆瀣。山深無炎暑，寒就白日曬。猿鳥馴相親，木石形多怪。風動纓絡幢，香霧迎人灑。客入畫圖來，畫中又看畫。回頭上下人，城郭小如芥。

玉皇閣

萬樹緑蒙蘢，中藏金銀閣。下周宛轉檻，上垂珠璣箔。閶闔高紫虚，明霞映赭堊。石門長不扃，白雲爲鎖鑰。離吠金鈴犬，簷鳴琮琤鐸。嵐氣斂晴暉，松聲滿天壑。雙樹標殿前，上巢千歲鶴。借問植何時，干霄礙碧落。僧言先閣有，壽應等岞㟧。我有鬱鬱懷，久欲達虚霩。奈何帝座高，九關虎豹格。呼吸今可通，天階平如削。一一陳其情，大類求伸蠖。商飆何處來，吹偏長廊籜。籜兮籜兮飛，吾與汝相若。天上或人間，飄飄何所託。逍遥雙樹邊，快哉此遊樂。

元和宫

不到元和宫，不得〔一〕此山勝。既到元和宫，喘息猶未定。遊山如學禪，要見成佛性。超刧得玄〔二〕關，阻險接天磴。山亦有三昧，須從高處證。高處不勝寒，虚無天宇静。况坐翠微顛，澄湖倒相映。何人鑿彤墀，晴湛雙明鏡。碧池漲淙淙，如擊緑玉磬。瀠洄流下山，不知於何竟。行來贊公房，花落鼪鼯徑。衣染天雲碧，囪濺水花淨。魚鼓一聲聲，幽禽啼相應。時有玉毫光，散入崆峴清〔三〕。座逢毳衲僧，松枝爲談柄。老僧有白雲，肯當瑶華贈。便當於此間，從贈問金乘〔四〕。

【校記】

〔一〕『得』，《滇南詩略》作『知』。
〔二〕『玄』，《滇南詩略》作『元』。
〔三〕《滇南詩略》作『散入幽深箐』。
〔四〕《滇南詩略》作『相從問三乘』。

寶華菴

谽回谷又轉，我亦折而南。斷峽略彴路，樵蘇立與談。踸踔歷凸凹，此去盡嶄嵌。不惜破青鞋，捫藟一趁趯。忽得波羅越，高在喝石嵒。仙鼠舞高枝，蝙蝠飛低簷。碧薜紅蘢外，仆碣何年劖。其字半剥落，讀之口欲箝。乃有維摩詰，雲中騎白饜。飄然碣外過，招手巉巖尖。謂我來何晚，遺我偈一函。開函味其偈，語奥義難諳。我欲從師遊，咫尺迷烟嵐。

萬松菴在萬松之麓。

鎦錫别有家，乃在南山南。參差亂峰間，崔嵬白石菴。菴外萬松樹，雜以千歲楠。黯黲不見日，並失碧玉簪。韓詩：山如碧玉簪。但覺緑天暗，白晝寒清陰。陰中有鳥道，來往熟珠龕。一衲坐幽鍵，白髮披鬛鬖。問年已近百，猶參五十三。日日松風吹，得松之氣深。後凋應如松，不數百鍊金。我來松風裏，分衲之松林。松音清吾耳，松翠濕吾襟。松葉下如雨，松氣散爲嵐。酹酒青松下，青松知我心。安得與老衲，日坐松風談。

題藏經閣

三日不讀書，便覺舌本强。我心若蘭芽，書將雨露養。不養以雨露，儒釋兩曭䁗。茲來藏經閣，佛書積如山。佛書一卷一蓮花，大乘小乘萬卷蓮。我思真諦無字句，一有字句即非禪。毋乃佛繞珊瑚舌，遺此琅函金匱編。或謂貝多羅樹葉，般若妙源賴以傳。翻折鐵擿窮珠藏，始能一舉空雲烟。我雖不受釋迦戒，愛讀竺先清絶篇。此身願作白蟫老，食徧神仙字幾千。請待秋深屏俗慮，來借經閣住一年。

紫金臺放歌

紫金臺，界穹壤，秀拔雲根一千丈。縹緲直平太華掌，洞天福地此爲長。除卻老禪一二人，衹有飛鳥時下上。卓錫薙草者誰歟？一破空青豁塏爽。塔中古有晏坐仙，曾學維摩非非想。劚翠疏碧開銅鋪，日麗天門黄〔一〕金榜。還將萬古不死之日月，揚輝紫極照龍象。我夢瑶臺三十年，鹿鹿未遂青霞賞。應教山靈笑我懶，不拄仙人九節杖。誰知登臨有奇緣，曉起看山成獨往。紅藤七尺，青鞋一緉，身佩五岳真圖像〔二〕，跫然足音落坱莽。但見石色古松，影寒滿山浮沆碭〔三〕。蒼虬起舞帶風雨，紫翠飛來挂簾幌。風中坐聽金琅璫，斷續聲雜寒椶〔四〕響。噫欷歔！高臺昔作戰壘雄，殺氣横天掩鬱葱。草根白骨堆臺下，山鬼啾啾泣冷風。衹今百戰英雄化爲石，谽谺刺天空列戟。山雖不改將軍名，深林已是幽人宅。底事愁隨落日來〔五〕，對此茫茫百感哀。天風爲〔六〕吹懷抱開，一笑飛花墮酒杯。如此西爽不拄笏，孤負青螺光茀鬱。乞師借我青茅龍，更淩倒景探月窟。何時高僧乘雲去不還，長留勝蹟與人看。海天到手，一日千年，故人是緑酒，知己青孱顔，浮名於我直等閑。古庭挽我袖，蓮峰拍我肩，高歌與爾看烟鬟〔七〕。狂舞〔八〕久之下臺去，木杪飄鐘葉如雨。

【校記】

〔一〕『黄』，《滇南詩略》作『射』。

〔二〕《滇南詩略》無『身佩五岳真圖像』句。

〔三〕《滇南詩略》無『但見石色古松，影寒滿山浮沆碭』句。

〔四〕『寒椶』，《滇南詩略》作『椶櫚』。

〔五〕《滇南詩略》無『底事愁隨落日來』句。

〔六〕『爲』，《滇南詩略》作『忽』。

〔七〕《滇南詩略》無『如此西爽不拄笏』至『高歌與爾看煙鬟』數句，於『一笑飛花墮酒杯』後有『陳跡於我何有哉』一句。

〔八〕『狂舞』，《滇南詩略》作『徘徊』。

萬松行

松松種在天風處，松得風如龍得雨。風能拔松上參天，風能養松下蟠土。松不生地生於風，風與松原性命許。風中蓊鬱萬樹松，一半是松一半龍。或不化龍化爲石，石兮龍兮蒼髯翁。髯翁變幻咄咄怪，縱横但覺天爲隘。蔽虧山色無螺黛，閱盡紅塵幾人代。千年鶴來巢偃蓋，一松各具一大塊。萬松共分萬秋噫，□□□□□□〔一〕魂。石倒龍顛任離披，幾株犀甲玉鱗脱。幾株毿毶亂鬌鬉，幾株泥封半死骨。幾株苔生皴裂皮，不然俯躬如拱揖。能屈生鐵以自卑，抑或怒與霹靂鬭，左拏右攫力支持。或不可羣昂然矗，或懸黑石崖倒垂，或折冰霜幹不枯，或斷礫砢節流脂，或出空心放夜光，或成合拱發祥枝，或高十丈或三尺，或號七星或九芝，或爲勝友或隱士，或任横飛或斜欹。支離一叟尊無上，麈尾馬鬣直小兒。萬千其樹萬千態，皇天雨露總無私。誰憐歲寒有高節，相顧銅柯惜太拙。一片烟姿霧骨寒，空老深山大古雪。吁嗟乎！梗楠伐盡充棟隆，斧斤猶斫爨下桐。故國喬木今何有，那來千樹萬樹風。幸以臃腫保天年，豈無匠石如不逢。我愛濤聲聽松下，欲買松風已無價。松樹老精變枯僧，呼我緑陰濃處坐。不話無生話興亡，忽復上松舉手謝。我學菟絲來纏綿，霜根作枕當風卧。少焉鼾息吼如霆，夢隨青童上天庭。天香靄靄風泠泠，玉女多情出畫屏。飲我瓊漿雙玉瓶，味之尚帶松葉馨。大醉狂呼一夢醒，依然枕松卧當風，且就松根煮茯苓。

【校記】

〔一〕原文脱六字。

登樓望滇海

一帶烟波秋豁然，轉嫌飛瀑遮樓前。有似籠鳥窺籠外，摩挲老眼髣髴妍。天風忽捲水晶簾，放出落霞孤鶩天。一副畫圖爲我懸，湖山晼晚倍堪憐。誰披萬頃碧琉璃，支機石没山根淵。蜿蜒神物之所宅，常有雲氣浮若蓮。池雖廣袤三百里，吐納九十九流泉。如分白虹走天上，傾注玉盤何濺濺。日月星辰沉池底，風雲雷雨出中間，翠螺影倒含風漣。母乃玉女晨梳頭，俯臨明鏡照嬋娟。在昔梁王恃天險，横海戩戙白虎艦。當時割據妄自大，虎視中原亦眈眈。習戰雖鑿漢武池，空有石鯨鱗甲閃。百萬水犀今何有，池水依然碧於染。虎鬬龍争渾閑事，不值清池水一點。回憶少時雲驪開，醉唱明月夜溯洄。中流忽觸龍伯怒，打頭風兼落葉催。朱黿白鼉齊舞來，幾試獰蛟口中涎，鷁飛不前倒退回。榜人再拜呪浪婆，我恃忠信何迂哉。終出魚鱉回風雷，至今一望猶生哀。噫！登高邱而眺遠海，小於瀲灧紫金杯，縠紋波静流湝湝。倏忽金蜃吐樓殿，市成一閧人胥亂。須臾風起埽飛電，愛殺一疋湖練明。當沙岸，縛茆廬，緑水當門山對面。持竿老作漁翁長，尺半鯉魚尺金線。魚名。

別僧

一揖别僧去，鐘聲送客遥。遠公情自好，不必過溪橋。

春初移居六首

書卷雜家具，相將付一擔。貧何有長物，居已入飛嵐。薪買石橋便，酒沽沙店甘。故人惟二仲，早晚一過談。

就喧非上策，避地且頻頻。未有陶朱術，三遷今尚貧。松篁爲老友，花鳥屬閑人。風雨閉門後，蕭然物外身。

山作屏風好，霜含蓓蕾開。愛花連屋買，移竹近囱栽。明月相隨至，春風亦共來。寒梅吾與汝，寂寞老雲隈。

割將西爽半，挂在短簷楹。但覺山争出，不知墻欲平。白雲籠睡鶴，緑樹織流鶯。七尺蝸廬小，中多邱壑情。

大厦庇寒士，平生願已虚。老惟一區宅，富不九樓書。先子藏書樓九間，署曰『孫氏書樓』，以兵燹失去。分菊編籬落，開畦種蓏蔬。市門去不遠，更懶出柴車。

世既無私子，惟應掩竹關。繞床花百本，倚石屋三間。那有才堪用，翻因病得閒。醉來歌猛虎，聊一縱疏頑。

魏雁門貽繭緞一端報謝

夜夢半空雲，飛飛落滿裙。朝來使者至，千里致殷勤。秋水連霞卷，天花入練分。腐儒宜短褐，愧此蹙龍紋。

魏雁門寄湖筆報謝二首

年來紛俗累，每貧管城公。君夙知書癖，遠遺自浙東。何須求麝尾，自可换鸞籠。從此明窗下，朝朝腕挾風。

方將焚筆硯，忽降中書君。自笑江才盡，懶操管屬文。恍如青鏤夢，謾試伯英筋。不負相將意，作詩先報聞。

貢象行

指南車落爨僰手，笮馬年年貢道走。盛朝不貴遠方物，何勞象齒與短狗。緬艮中間是孟連，黑水穿入唇齒間。慈悲國近天竺國，不是象郡即象山。象乃五歲一乳者，《滇志補遺》：象孕五歲始生。曾以雄雌名華夏。雄者雙吐雪花牙，雌亦長鼻卷天下。一軀之力在於鼻，驟馳山林不受打。怒則天崩地動搖，百獸率走風雨灑。瑶光是精降自天，虤然而立高砐硪。以計掘坑縱火收，一誓死生永不捨。自辭嵒穴到家來，銅帽花裳騎象娜。見《滇志》。附耳語象象竦聽，象如神龍養如馬。得一馴象不敢私，千里獻來自哈瓦。阿瓦，係緬甸地名；哈瓦，係孟連地名，見《滇志》。哈瓦恃險抗諸蠻，少襲父爵稱長官。《滇志》載孟連長官司。欲出瘴嶺瞻雲日，長驅三象入天闕。那知雨露君恩重，皇華驛路春情送。遥望公門前致詞，遠人願效越裳貢。吾聞象有摧堅陷陣功，蹴踏沙場風雷動。周王八駿直等閑，夏后兩龍將焉用。此象一出埽黄巾，可當雄師十萬衆。行將萬里朝金闕，身披瓔珞受勑封。無煩過都越國愁，一路先支將軍俸。□□爾别長官□〔一〕，食禄天廐榮莫比。况今四海銷兵甲，不須擊賊爲裨師。何爲涕淚下漣洏，毋乃鄉土動離思。象娜雙下紫金鉤，騎出重闉走如飛。象兮象兮爾莫悲，送爾曉出昆彌道。虎豹雄威當自保，萬一問罪敵國要爾討。

【校記】

〔一〕原文脱三字。

武侯祠訪友人不值二首

天風起處訪人來，風抱蓮宫吼若雷。大塊春晴多噫氣，高邱祠迥淨塵埃。白頭孤衲貧兼病，翠葆濃花落又開。獨有參天廟前柏，陰陰尚待鶴飛回。

廟後廟前多古柏，有如八陣布層巔。綸巾自運風雲上，蠟屐重尋花樹邊。幾點青山銜夕照，數聲黄鳥囀春天。聽鐘獨立空堂外，颯颯霓旌捲莫烟。

寄壽司若陶學博五首

雲客老詩將，招予騷雅壇。昔徐雲客先生招予論詩，若陶亦在焉。三人共杯酒，一七奉珠盤。爲問新詩就，可追舊日歡。今因□□□〔一〕，□白雲端□〔二〕。

【校記】

〔一〕原文脱三字。

〔二〕原文脱二字。

數十年桑梓，君今已古希。如流驚歲月，揭霧霽春暉。金石交仍在，柏松性不違。相思千里外，一唱鶴南飛。

學原祖司馬，道自重膠庠。豈少盛覽張升輩，來居弟子行。一泓涵洱月，九畹裛蘭香。雨化仙橋外，天花落講堂。

蒼山有古雪，餐之可長年。君在蒼山下，亦官亦地仙。中谿年九十，德里通德里門，鄭康成之門也。十三千。吾道其西矣，壽應酬自天。

鳳栖雙樹外，鶴背一橋隈。昔有李仁甫，高吟豔雪臺。以君才若許，一下董帷來。定自饒詩興，風流不染埃。

弔賜謚『忠愍』趙鎮所先生三首忠愍捐生之處即謝疊山絶粒之處。

烈帝崩摧日，吾滇尚有人。死能得死所，忠且與忠鄰。罵賊空豺虎，成仁自甲申。盛朝恩朽骨，一字一陽春。

十九人同死，龍髯扳獨先。孤忠顯晦在，遺塚歲時遷。昔爵捐生處，今逢賜謚年。可憐三百載，有此繡衣賢。

當其捕諜賊，尚欲靖中原。詎料賊横縱，中城爲所蹲。一堆埋玉土，萬里傍僧魂。致命君臣分，那知身後論。

書遲氏傳後二首

歸宗原是孝，孝欲兩全難。有以報徐者，嗣遲徐亦安。三年人子服，百世祖孫懽。請看輶軒使，採風墨未乾。

星宿河源遠，天孫岳幹分。承先傷斷續，至性結氤氲。藥果施人徧，韋編讀易勤。何年栖隱去，深入萬山雲。

何平山招同劉陟山飲寓樓，陟山成詩，因亦和之二首

徑花開落到床頭，花外隨君更上樓。雨斷虹霓垂酒甕，風吹松子落茶甌。樓鄰雙塔寺之松子樓。

幾番人醉山才暝，一照湖光暑亦秋。不足七賢成四皓，相將作伴采芝遊。時近平山壽辰。

好是新晴又雨時，相逢一笑白雲陲。卷簾直欲空山海，投轄頻教換酒巵。松老鶴巢連翠墮，日斜塔影入牕攲。何當招我就高會，老謝風華拙可知。

賦得鑑湖爲何平山壽，並柬劉陟山

鑑湖千頃碧，溶溶清見底。有似昆明池，空明五百里。池與湖雖各爲鏡，涵虚一氣蕩清泚。當年四明老狂客，釣魚常在湖之涘。遂把一鑑鑑千古，吞吐日月光無已。君住鑑湖頭，湖光飛滿樓。朝沐湖光曉，暮照湖光秋。朝朝暮暮湖光内，一片氤氲是沆瀣。仙家鍊氣多飲此，君已嘘吸五十載。况復詞源在手哉，文章亦一鑑湖開。滔滔萬里奔流遠，並帶湖光鏡我來。君來郤愛昆池冽，與我偕弄池中月。竟將昆池作鑑湖，照見蕭蕭客裏髪。譬之池湖一合并，二水融融共一明。自此攜手逆流外，如在山陰道上行。天生傲骨人不識，白眼相遭緣底事。丈夫歲月惜如金，吁嗟十年不稱意。天風吹動池邊愁，三千丈髪長容易。勸君痛飲復高歌，仍以池水慰蹉跎。池外緑楊柳，池内紅蓮花。鷺鷗翻雪浪，鸂鶒宿金沙。小艇斜穿葭亂入，鯉鯽可網亦可叉。香醞鬱金帶月賒，試比釀川風物美如何。以此養壽壽無算，不數金液與玉華。况有知音如我者，何須苦憶鑑湖波。安得鑑湖賜君，昆池賜我，各分一曲老磯下，爲農爲漁無不可。更許黄鶴招來騎，早至鑑湖晚昆池。一日一回相逢醉，還邀高灣釣長□〔一〕，把巵從中高論解人頤。

【校記】

〔一〕原文脱一字。

青門寺訪何平山二首

居傍囂喧有是非，以得謗，移居至寺。幽惟衲子可相依。一灣流水門前過，幾點霜花鑑外飛。把酒有時招老圃，看山鎮日卷雙幃。爲君肯使烏藤懶，束繞稻塍一叩扉。

知君來住青門寺，幾稜瓜田種自忙。後圃前畦秋盡實，寺内外皆種瓜。烟鐘雨磬夢俱涼。詩狂秃埽題箋筆，酒醒虔參奉佛堂。愧我塵勞空碌碌，十年一到贊公房。

種竹四首

分我清陰三兩竿，不愁饑鳳少琅玕。試依卯日鋤雲種，從此吾家有竹看。

癖竹年年借屋栽，蔣詡徑始自今開。愛依青玉支高枕，豈直渭川侯我哉。

移自江干傍石栽，清風便爲此君來。聽他夭屈風中笑，似笑人家不免埃。戴凱之《竹紀》：竹之得風而夭曲，曰『笑』。

已過五月十三日，植近杈枝欲折梅。栖鳳影教留夜月，化龍枝尚待春雷。

種竹後喜其發生又得四首

一叢烟靄太糢糊，千个蕭蕭瘦似吾。若使窗前無此物，愁來誰解慰狂夫。

老梅兩樹吾好友，又得素心如此君。梅正開花竹含翠，中間坐我一壺醺。

飽看真勝肉爲餐，戛雨摇烟翠欲寒。貧家幸在風波外，緑雲深處共平安。

嵇阮好延爲侶儔，林於成勢自翛翛。他時幾代龍孫子，且欲成陰過屋頭。

題劉陟山《濯足萬里流圖》

昔聞君罷釣，先有『罷釣圖』。今見君濯足。罷釣將何之，千里趨輦轂。平生夜光璧，欲就高價鬻。長揖公卿間，又恥事干瀆。九閽叫不開，那得封侯禄。退居結客場，千金輕一粟。瞥見手雲雨，所在畏翻覆。屈指繭足來，幽州幾寒燠。名紙已生毛，空懷刺一束。始悔罷釣非，風沙欻眛目。掉頭自茲去，決計理歸軸。行來一泓秋，萬里流瀺灂。鷺鷥矜潔白，窺人立厓澳。爲和滄浪歌，一水異清濁。插脚十載塵，快哉今洗濯。濯之高灣水，好伴明月宿。漁弟與漁兄，久待湖頭屋。回首魏其門，堀堁揚十斛。

同李其材譚園看海棠

羌笛吹殘老梅樹，紛紛桃李何足數。獨有花中之神仙，臨風一笑自嫣然。譚家花園稱名勝，春來花惟海棠盛。千樹萬樹裊飛鬟，正月二月睡初醒。何時植近二忠墳，精誠碧血滋其根。發爲金枝異凡豔，絲絲總挾忠臣魂。去年看花春已老，胭脂飄墮亂如埽。傷心風雨葬落花，郤悔遊屐來不早。今年正及豔陽晨，紫霞紅露滿園新。人與花俱酡然醉，不減香霏閣外春。得此名友真不俗，便須連夜燒銀燭。安得與君雙化蝶，朝朝莫莫花間宿。

陟山爲予寫《萬壑松風小照》報謝

爲謝丹青貌野夫，逼真山澤列仙癯。多情直以雲相贈，老態何堪畫作圖。無價松風今到手，偶吟秋水一撚鬚。思君時展蒼髯看，松名蒼髯翁。化石化龍總與俱。

答陟山見贈二首

忽從愁裏荷相貽，笑口遂開向贈詩。太白每教少陵惜，伯牙真有子期知。敢鳴瓦缶矜高調，頗得江山助惋思。爲溯詩家流派遠，祖唐祧宋自吾師。吾師吕新安先生詩必宗唐，其教甚嚴。

卯金家學自更生，東閣重勞太乙精。招客三三毾㲪徑，作詩六六鳳皇聲。來從梅市逢仙尉，愧把松韶屬管城。松韶關在雲益州，先世家此，先塋在焉，其山松聲響徹，遠聞如奏古樂，故名。不是名山君歷徧，那能風雅冠羣英。

閲陟山自粤到滇詩有贈

羨君山水有奇緣，婚嫁畢時轉不閒。萬里騎將黄鶴去，七星割得紫雲還。紫雲，端硯也。李長吉詩：踏天磨刀割紫雲。放舟一出珠江口，過楚又梯銅鼓山。一路題詩到滇國，鷓鴣空復阻津關。

《松詔集》卷四

上碧鷄關作

西望碧鷄關，攀躋日已夕。老爲饑所驅，而有此于役。山色晚愈蒼，山雲晚愈碧。夕陽半銜山，三峰削如戟。王孫草有情，隨人繞阡陌。出墻夭桃花，似笑予浪迹。豈有千里程，白頭不自惜。胡爲遠行邁，去作老賓客。席上即有珍，握中即有璧。不難爲馬周，常何何可得。亦聊以遊遨，遂其山水癖。看山自兹始，又恨忽忽適。前指獨樹鋪，烟樹幾里隔。飛歸鳥成羣，尋巢而斂翮。那知征途中，跰踵宵程迫。團圞兒女情，回首如咫尺。

腰跕訪任生

石蹬千盤下，跫然落足音。重逢在歧路，一笑入深林。性命兔園册，清涼玉瀝斟。斷橋流水外，桃李植成陰。

自禄豐至拾資道中有述

渡河石路平，農家居其隩。油油千頃田，沿河盡腴膏。筍輿軋軋來，行行上雲嶠。折而向北走，南平關危峭。山脊凹復凸，盤旋欹蜩蟉。吁嗟六里箐，登頓入窗突。林麓糾黝靄，神騰而鬼趫。雷雨相崩奔，黑霧且低罩。䘳襱紆以長，探幽得窅窱。頃至僧寺門，白日漸來照。萬山勢若奔，人亦隨之趠。忽聞龍細吟，漸覺聲長嘯。箐底鐵橋横，響水響於礮。徘徊立橋上，將耳聽飛瀑。移時澎湃中，開口一大笑。漱石與枕流，平生性獨好。我欲横長笛，一弄水龍調。無奈迫于役，焉能恣臨眺。舍之上關去，遠山看野燒。春風送客行，一路多詩料。

楚雄晚眺，拈得『楚』字

泱泱乎大哉！自昔稱威楚。地直當其陽，山川如織組。萬峰争屼嵂，相亂似無叙。一水穿其間，曲折出端緒。我來登鴈塔，與山相仰俯。紫溪鬱蒼翠，手扳真堪拄。四顧一長嘯，蕭颯起風雨。慨慷激中懷，扳劍而起舞。髣求傍望覽，悉歸萬户府。蒙段爾何人，公然河山主。千百餘年來，興亡可歷數。當時戰鬬場，今爲衣冠所。人物且代興，詩書化干櫓。彬彬俞李輩，文行在庠序。儒雅風流後，何人接其武。川嶽日鍾靈，豈必皆呰窳。郡中誰俊髦，中流作砥柱。所嗟往迹湮，神奇亦朽腐。德江屢滄桑，碑存已榛莽。試看邱隴間，纍纍墳如許。賢哲與愚頑，百年總黄土。惟有硪碌山，石屏支萬古。

輓薩檢討鳳詔

當年同結社，張漢趙□□〔一〕惟君。一自京華別，死生遂已分。數行知己淚，千里故人墳。華表歸來鶴，不堪過客聞。

【校記】

〔一〕原注脱一字，原文脱一字。

上定西嶺僕夫告瘁，因暫歇雲濤寺二首

黄鶴不可招，癡龍不可騎。逢着名山高興□，□怕猿巖鳥道閟〔二〕。定西嶺今落吾手，狂煞蓮花天倒縋。蓮花倒縋可奈何，萬丈霞梯分明示。朝朝暮暮人下上，攀斷枯藟曳斷屣。五步喘，十步歇，僕夫力盡嗟勞劬。老我矍鑠起振衣，紅藤拄杖聊一試。直挾風雷上青天，不須如鳥生兩翅。縹緲峰頭忽置身，老僧揖客憩蕭寺。禪寮花竹頗幽森，坐久生人栖隱志。高卧烟霞歲月

閑，胡爲千里走名利。山椒笑俯昆彌國，真是彈丸一黑痣。當時戰壘今祇園，兵防且分方丈地。鐵柱剥泐紀僧臘，厓間印篆尚可識。吁嗟乎！五岳至今未徧遊，逐逐總爲婚嫁累，平生志願百不酬。對此茫茫長感喟，倏起天風吹我愁。飛落天花墮石翠，繁華岑寂一時空。便欲進問西來意，門前車馬紛如織。

【校記】

〔一〕原文脱二字。

定西嶺，在品甸。千丈萬丈插天漢，森森怪石相淩亂。武侯勒兵昔來屯，得此天險鎮諸蠻。師門軍壘髣髴存，懸〔一〕厓金印留篆痕。虎豹守其下，呵護動鬼神。至金〔二〕貔貅猛士防天關，旌旗刀槊桓桓然。樵人拾得雞鳴枕，老兵鋤菜獲斷鋋。戰血模糊土花斑，獨有嵌巖行路難。鷓鴣聲聲叫馬首，子規啼血紅樹顛，征人往來苦攀緣。定西嶺，年年戍，胡不愚公移之去，崚嶒一化爲平路。履道坦坦，商旅趨若鶩，何須歲歲加兵防。我亦不用援藤捫葛喘汗愁蹇步。

【校記】

〔一〕『懸』，原作『縣』，據詩意改。

〔二〕『金』，《滇南詩略》作『今』。

輿夫

楚堡輿夫七十九，來肩吾輿與衆耦。短衣氈毧剛掩髂，草鞋斷耳如飛走。予憐其老一停輿，問胡老尚作去聲輿夫。雙淚交頤拭且言：『少年褦襶嗜摴蒱。蕩盡生産不留餘，生有二子楚城居。長子力挽三石强〔一〕，從戎學執丈二殳。時方太平爲材官〔二〕，兼餉足供俯仰需。未幾車里告警至，邊陲千里迷烽燧。大軍進剿點壯丁，拜辭爺娘交涕淚。身披鐵甲手雕〔三〕弓，七尺長軀青絲騎〔四〕。跨馬出城從此離去聲〔五〕，越山超海入瘴鄉。青草黄茅不暇〔六〕避，到時大戰紅山頭。直搗巢穴刄横剚，殺賊數百如刈穗。方期一鼓盡掃平〔七〕，猓國〔八〕瘴毒遽傷人。頃與椒花齊凋落，猿鶴沙蟲知何羣〔九〕。誰將馬革來裹屍，剪紙去路遥招魂。死别生離那忍言，我與病妻白首存〔十〕。次子幼懦可憐生〔十一〕，不能復充荷戈身。讀書不成畧識字〔十二〕，聊以傭書縣衙門〔十三〕。計工一飽不可得〔十四〕，堂上豈能免饑寒〔十五〕。我老勍强如夙昔，負重猶堪百里役。以此入堡代差徭，天教老人自食力，一日歇肩即無食。』我聞此言三嘆息，盛朝養老典空懸〔十六〕，重買酒肉與之喫。

【校記】

〔一〕『强』，《滇南詩略》作『餘』。

〔二〕『材官』，《滇南詩略》作『技擊』。

〔三〕『雕』，《滇南詩略》作『强』。

〔四〕《滇南詩略》作『棹頭忽縱青絲騎』。

〔五〕《滇南詩略》無『跨馬出城從此離』句。

〔六〕『暇』，《滇南詩略》作『遑』。

〔七〕『盡掃平』，《滇南詩略》作『靖妖氛』。

〔八〕『國』，《滇南詩略》作『鄉』。

〔九〕《滇南詩略》作『沙蟲零落知何群』。

〔十〕《滇南詩略》無『誰將馬革來裹屍』至『我與病妻白首存』數句。

〔十一〕『可憐生』，《滇南詩略》作『百無成』。

〔十二〕《滇南詩略》無『不能復充荷戈身。讀書不成畧識字』兩句。

〔十三〕《滇南詩略》作『終日傭書在縣門』。

〔十四〕《滇南詩略》作『計工食力尚不給』。

〔十五〕『免饑寒』，《滇南詩略》作『同飽温』。

〔十六〕《滇南詩略》作『憐貧恤老有同心』。

旅次趙州

我從昆彌來，山路漸已平。人家倚飛泉，引水入田耕。春風吹滿路，春花笑相迎。長松盤怪石，高巖挂枯藤。麢麗時出没，鳴鳥亦嚶嚶。娱人景物好，竛竮袤入城。鳳儀（山名。）與龍伯（山名。），相望似有情。波羅（江名。）帶州水，背郭禮社（江名。）横。愛此天水郡，山高而水清。山水幽絶處，往往有耆英。

下關題壁三首

天生龍尾與雲齊，險絶津關不可梯。幸有將軍祠宇在，潺湲聲裏一丸泥。

斜截重河起戍樓，山東環洱水西流。天開風孔三陽上，吹盡人間萬古愁。

天生橋外水瀠洄，混沌亭邊翠作堆。先把征塵吹落盡，纔容齧雪上崔嵬。

觀音庵三首

拾級成儀禮化城，割山何日負來輕。衹將一片谽谺石，駭倒南征百萬兵。（即婦負石也。）

春風一路入和陽，村名。雪月中間古戰場。自勒崖頭羅刹券，河山一半屬空王。
頻來救劫慈悲大，喜在妙香國裏坐。應念紅塵坎壈人，今從鶴拓紺宫過。

玉局峰

撥開古雪入蒼冥，上有祠堂夜不扃。歲歲花開復花落，更無人問杜光庭。

五華樓題壁

五華城，背山横。城下是洱海，城上有雪屏。海水可當兵十萬，古雪千年常不泮。江山主人幾更換。天險在德不在勇，君不見，萬人塚。『此水可當兵十萬，昔人空有客三千。』此古題句也，見《通志》。

望點蒼山五首

雨餘山色信佳哉，早晚看山定幾回。三詔風雲歸玉局，峯名，祠杜光庭於此。一城烟火擁冰臺。
已無八塔卦爻在，長有九天河水來。好蠟一雙金屐齒，攜尊踏徧碧尖苔。

登何如望有餘情，片片飛嵐畫不成。北嶺晴暉南嶺雨，數峯巉削一峰平。咽來風裏寒淙斷，豔絶臺邊古雪横。欲得點蒼真面目，支頤蒼外轉分明。

忙中山好奈拋何，今到手來肯放過。鏡裏倒蒼磨又滿，笏邊來爽拄偏多。簪抽碧漢中峯玉，髻叠青苔萬仞螺。如此幽巖人不問，三春烟雨已蹉跎。

數來十九玉槎牙，一半濛濛霧又遮。晴黛釀成飛郭雨，春風開徧滿山花。每因酒渴思巖乳，滴乳巖近寶珠寺。亦以樓高得翠華。翠華樓在無爲寺。擬把遊踪繼楊升菴李中溪，一峰一月挂山家。

不是平居夢裏懸〔一〕，蓮花倒插蔚藍天。俯臨一塔還三塔，壁立千年與萬年。直欲兒孫低列岫，合教几席置蒼烟。澆他曙色一杯酒，醉覺春山倍鬭妍。

【校記】

〔一〕『懸』，原作『縣』，據詩意改。

平臺晚眺

閑尋鳥路上高臺，倦眼忽從雲外開。龍首關連龍尾瑣，洱東水到洱西回。塔邊村落疎如奕，鏡裏山川淨似皚。一副眼前好圖畫，何因我亦畫中來。

詠黄杜鵑花有序

所見杜鵑之紅者頗多，小園亦有之，黄未之前聞。癸亥春，館於提軍署，於畫舫齋前見二本，高八九尺，開時爛熳之至，一片金光照人，愛而咏之。

春開躑躅是花王，萬緑千朱擁一黄。頓使姚家無國色，居然望帝在中央。臨風直賤紅裳豔，紅裳女子，花神也。照舫猶銜落日光。可惜南漪堂闕北，氍毹空自滿披香。殿名。

花園即景立夏在四月十三日。

蝶老鶯嬌花未窮，閑隨流水繞芳叢。諸峰鎮日楮樓上，一舫何年入畫中。多謝社公澆藥雨，不堪少女落花風。憑君莫放青皇出，長瑣菲馨一苑紅。

代壽大理太守

十八溪流曲曲來，緑莎廳抱碧溪開。心懸〔一〕蒼頂千年雪，壽比唐時一樹梅，梅在上關。已見曇花先佛誕，四月七日生也。又將車雨灑春臺。多君爲政清如許，爲進長生酒一杯。

【校記】

〔一〕『懸』，原作『縣』，據詩意改。

登浩然閣觀洱海賦

晴飛一片涵虚鏡，光與雪風相掩映。如月抱珥皎然明，豈有蟾蜍在池瑩。罷谷源高流自長，三江分合紆洱徑。上洱直倒西洱來，兼天激浪忽澄定。遠聞水龍動地吟，近吼鯨鐘叩𩶘磬。况納一十八溪流，其勢愈平水愈盛。珊瑚樹老鐵網深，海中所有。瀲灩堆横疋練淨。天然霧縠織無痕，微風擊去閃緯經。日月出没於其中，龍伯長睡海童醒。無復金睛短項之，水怪繫金組獨怪。昆明昆彌兩名池，滇水不成東流性。混元一結玄黄裹，胡爲西開一石罅。但瞰不謝梅花好，誰惜碧天從此破。縱有龍關不能關，曳漏鴻濛是誰那。三島依然峙中間，萬頃琉璃鋪平座。篆籀古字半攲斜，赤文地券羅刹作。上有蜃樓不可登，下有龍宫不敢唾。我以羈旅來觀海，沆漭豈非天所借。天風吹墮浩然閣，海水直立百靈下。使我應接殊不暇，龍女酌酒懽相迓。水晶宫殿居上坐，陽瓜州裏無九夏。把酒狂歌惟我大，便欲於此友造化。楊李昔時成快遊，我生也晚不同過。幸留勝迹在水涯，待我以遊爲日課。且自作詩題壁間，先索老龍來一和。何必要借琴高鯉魚駕。

大理咏古五首

風雷五載埽烟霏，八陣演成羽扇揮。斬虎劍鋒上臺祭，畫龍潭壁入雲飛。銀坑自昔無天險，鐵柱秖今照夕暉。一帶濮𩭾擒縱路，千山草木總天威。

甫城蒼洱號西京，南詔從茲日縱横。銅柱鐵橋皆拓地，封王拜爵復增榮。青牛騎後金爲刹，彩鳥飛來石有盟。恨煞劍南王節度，貪開邊釁請吞并。

松明巧搆枕江樓，祭賽誰知是譎謀。五詔燼灰千稔劫，一妃鐵釧九□讐〔一〕。城曾經閉堅今古，穴得相依永匹儔。萬炬可憐長弔古，星回光照夜臺幽。

【校記】

〔一〕原文脱一字。

夷情叛服亦何常，五世深恩背大唐。六陳陀罪三郤使，兩戕王師一收亡。悔更贊普鍾年號，歸款貞元皇帝疆。不是西瀘令陰轉，難將一箠掃沙場。

十四蒙傳段始興，思平既立岳侯丞。自經玉斧從圖畫，未見金沙入□□〔二〕。□□□教華夏愧〔二〕，盡忠合使怒雷應。始終後理惟高氏，宋史寥寥紀未曾。

【校記】

〔一〕原文脱二字。

〔二〕原文脱三字。

留別潘提軍排律三十韻

僕本烟波叟，人稱山澤癯。讀書高史漢，講學逮孫吴。每弄管城子，亦操金僕姑。功名非所愛，詞賦偶爲娱。自喜杜門坐，何當折簡呼。欣然隨命駕，不憚遠遵途。聲氣通千里，徵延及老夫。騰驍收伯樂，識劍感風胡。逐以疆埸略，來咨固陋軀。西軒頻抵掌，南郭謾吹竽。愧已成今我，幸叨諒故吾。如錐纔脱穎，比鳳欲棲梧。把筆敷華藻，登臺縱電矑。雖然珠履躡，無那井蛙拘。迹有雙清訂，策無廿事孚。交深融水乳，調合唱于喁。排闥山光入，開園風景殊。雕檽明畫舫，玉帳燦流蘇。弱柳思張緒，名花豔子都。鶯來啼水樹，雀放出筠篋。怪石飛樓畔，清泉繞座隅。材官鷹臂立，戍士虎牙趨。歌舞恒星夜，盤桓到日晡。河陽金谷澗，校尉步兵厨。揮麈消三夏，飲醇醉百觚。朝朝筵玳瑁，處處架珊瑚。於此堪忘老，就中可繪圖。無端浸暑濕，不覺戀妻孥。野馬羈仍野，愚邱紀奈愚。青門勞祖道，一楫笑胡盧。

旅次景東，宿試院作

錦屏山名。峙城南，着色倩誰畫。朝抹晴霞紅，夕染螺子黛。五采具四時，山自弄姿態。邦春山名。亦媚娟，層層飛靉靆。三百里無量，山名。石枰翠爲罫。人家盡耕山，山田亦每每。子弟仍拓南，誰爲子產誨。我爲看山來，過都遥歷塊。投鞭試院中，暫解紫霞佩。早起盥櫛罷，把酒一相對。與山相頫仰，與山相向背。長河滾滾流，抱山如束帶。浪滄西來江，繞經山内外。險絶蘭津橋，鐵鎖兼天繫。昔爲荒服地，今與風雲會。開南不復州，景董名亦廢。獨有諸名山，嵂峅無進退。青蒼亂雲霄，滿眼光破碎。徘徊立石階，不能割所愛。

訪蘇鏡洲有贈

南風吹客至，直上紫崔嵬。天入鸞倉地名。暖，座來明月陪。庭階生玉樹，家釀試金杯。不盡良宵話，燈花落又開。

贈陳玉文三首

笑他不義是浮雲，時談及某人。卅載貧交我與君。豈有歌中金石響，真成世外鳳鸞羣。古今過客誰留得，風月閑人自可分。落落乾坤吾道在，儲無儋石有餘芬。

不計嬴餘馬少游，朝朝鄉里慰離愁。文章縱好終何用，出處非商適與侔。湘口歸來重作令，玉關出去不封侯。老狂動輒輕餘子，君外誰歟風馬牛。

經義紛綸井大春，騷詞哀些楚靈均。輝光手握明珠在，七十顔如紅玉新。髮梵天花同散講，好談禪。舌耕囊粟半周貧。自從罷官歸來後，學術桑榆晚更醇。

輓李其人同年三首

憶醉當年公瑾醇，一朝千古念斯人。生前但有東陽瘦，歿後纔知南阮貧。繭室豈能埋日月，溪毛自合薦秋春。慚予大業無成就，後死徒存老病身。

故人祠在石城邊，邈若江河二十年。腹已便便猶質疑，著有《春秋兩質疑》一卷。髮曾種種不成仙。平生傲骨因君折，何日奇文付梓傳。爲灑西風知己淚，蜀禽淹鶴總悽然。

二子尚能耕墓田，來求作序捧遺編。文章霸氣都收盡，烟月閑情亦灑然。鄉里無人騎欵段，平生爲子守冰淵。應知地下無長夜，未許侯芭私太玄。

送曲靖郡丞江仙衣去後郤寄

別君鹿鹿但塵埃，望斷西風鴈影回。綵筆花留餘夢去，有見訪詩。海棠香到曲陽來。昌州海棠獨香，公大足人，即昌州。風流爲令兼爲尹，癖性愛山更愛才。我有先塋在關外，松韶關，屬治下。松聲無恙荷栽培。

方監司實村輓詞三首

白首勞臣一代賢，佳兒隨侍出司滇。澤爲逆水西流徧，滇池水逆流，公兩任西巡。心共蒼山古雪縣。署在大理。金粟青蓮詩總聖，白雲黃鶴迹還仙。秖今報國情猶結，一歇風流便窅然。

十年憂患在羊城，不輟吟哦千首成。琴咽拘幽才益放，詩藏忠愛律猶精。四如集是豐城劍，七子社曾牛耳盟。擬候公餘求大稿，已殊今昔恨平生。

草蟲細響敢言詩，激賞偏邀喬梓推。海內交遊兩知己，天涯骨肉一孤兒。生勞王事成凶疾，死有文章是宦貲。已分此生琴可碎，還揮老淚哭鍾期。

寄懷張太史月槎四首

由來學士重詞章，爲我題詩遠寄將。頓使巴人榮下里，如吹寒谷變春陽。二千石罷歸金馬，五七言餘吐鳳皇[一]。擬謝瑶華無好句，西風萬里斷人腸。

【校記】

〔一〕『皇』，同『凰』。

生成野性戀烟波，醉扣船舷好放歌。賤子一從弄湖月，故人兩度上金波。太史由翰院除河南守，尋罷去，又以博學鴻詞科考取入翰院。升沈流水歸烏有，談笑生風近若何。顛倒名場吾已老，肯輕脱去釣魚蓑。乙卯、丙辰，本縣令及郡縣兩學博先後皆舉予充鴻博科，堅以母老辭。

紅蘭省是舊詞場，應詔重登又幾霜。藜火杖來仍太乙，琲珠唾落總文章。邊韶書自充便腹，李白詩還具繡腸。底事蟄存今不蟄，噉名天下亦何妨。自號蟄存子。又别友詩云：『忝爲天下噉名人。』

趙嘏才名亦絶儔，謂亘興同門。同君昔在鳳池頭。兩人東道爲賢主，幾載南歸别舊遊。公等文章看報國，吾生漂泊信虚舟。况邀絶妙好詞寄，一硯當年幸已留。留硯，太史堂名。

飲五華寺樓

晚霞如血紅，挂在半山楓。楓葉連霞落，隨風入碧宫。倚樓聽□唄〔一〕，把酒送飛鴻。一塢白雲外，家風果不同。

【校記】

〔一〕原文脱一字，疑爲『梵』字。

春初劉陟山招飲，同何平山三首

春光才到手，未可等閑抛。往聽鶯聲好，坐看花影交。開牕飛黛入，隔寺莫鐘敲。對此能無醉，多君佐酒肴。

堂西開一徑，曲曲到園庭。二仲時來去，千杯任醉醒。竹風敲欲碎，梅雪冷餘馨。照我春燈下，談深夜漏聽。

茶花真艷絶，開向畫欄東。邀我花前醉，晴霞一片紅。春藏三徑裏，天在一壺中。爛熳主人意，將無絳蕚同。

何平山邀遊近華浦未赴，歸以遊詩屬和，援筆漫成三首

悔不上君載酒船，碧琉璃上棹青天。藻魚摇尾迎如識，水鶴横空去不還。生怕樓臺歸幻蜃，時飛紫翠點華筵。支機石在應重埽，好賦落霞支硯田。

一入海門便渺茫，扁舟何處問中央。背人花影嬌晴鏡，如縠波紋織夕陽。得得好山兼好水，依依垂柳與垂楊。此遊汗漫真堪樂，獨少尊前我醉狂。

醉歌水調弄渟洄，浦口雲封暗不開。消得魚家風一笛，添成圖畫月千杯。海晴山鸖解飛下，樓晚水龍吟上來。一片湖光看自好，莫傷往劫問沈灰。

輓楊攸序

人琴痛絶兩俱亡，地下修文信有郎。我悔經年揮手别，君惟終日著書忙。曾騎款段稱鄉里，又見天花墜講堂。落落晨星今且盡，更誰風雨話聯牀。

哭劉陟山四首

悔别三春出，不同醉幾場。遽教生死隔，可勝今昔傷。金粟身何在，李詩：『金粟如來是後身。』赤松遊不常。舊交盡黄土，踽踽日悲涼。

每念風懷好，精金美玉姿。斯人若不死，吾道豈終衰。落日悲蒿里，秋風冷繐帷。爲彈珠淚去，寄與九京知。

忍使風流盡，皇天亦不仁。文章防壽命，今古共酸辛。白酒留人醉，黄金結客貧。天涯題句徧，不復起重論。曾以詩集屬予論次。

不死於鄉里，旅魂實可悲。連花埋玉樹，照閣熄青藜。萬里經年病，一棺故國移。脱君此時在，定有别歸詩。

紀異

乾隆九年春，是爲甲子歲。斗杓方轉東，妖星已見彗。形狀如埽帚，參參埽天地。此星不一名，大同而小異。晨西夕東指，無光借日熾。世號爲欃槍，五方無躔次。九霄外自遊，芒刺處成祟。天欃與天槍，天官書所誌。在昔某年月，某宿孛星出。父老身經驗，歷言如蓍蔡。德穢歸自宜，祝史何□穢〔一〕。今之東指者，夕燭於鬼位。光兼兩月横，毋乃非善類。天下方太平，聖人爲皇帝。萬國拜冕旒，那有刀兵事。垂象或偶然，不信天文志。即果是咎徵，修省回天意。

【校記】

〔一〕原文脱一字。

壽心正和尚

一歲九峰上一回，常騎猛虎下山來。新詩已作維摩偈，佳客頻留般若臺。雲錫丈餘閑鶴背，風髯尺許滿虬頭。優曇原是覺花樹，獻壽解先佛誕開。

九日諸子偕予登高螺峰，因感秋闈不得以佳文見録者甚多，作詩示之

得失須歸塞上翁，簪花不换一品風。青螺笑我老山外，紅葉先人醉雨中。石亂撐蒲烟點點，花開婀娜露叢叢。登高更到最高處，無限秋光在碧空。

贈段爾登二首

寂寞如晴菊，無人獨自香。非天私雨露，何以發寒光。晚節榮霜徑，東籬作講堂。我從塵壒表，一見輙憂忘。菊名忘憂。

羡爾幽栖好，翛然無外居。龍江到門水，鱣席倚花廬。貧自宜耕舌，老仍喜讀書。浮名真悞我，愧與白雲疎。

孫南村詩集跋後

予童子時，返昆明小試，聞父老往往談孫清愍公軼事，蓋聰明過人者。及長，讀《明史》，知清愍公廉隅忠讜，爲時相所忌，竟死獄中，益心折其人。又讀《滇詩畧》，見南村詩，才氣磅礴，心愛之，而不知南村即清愍公之後也。光緒季年，改五華書院爲高等學堂，有孫生永安者肄業其間，予心許之，謂是吾邑後來之秀，而不知永安即南村之後也。國變後，予隱居明夷河，是時有《雲南叢書》之輯，見其中有《南村詩集》八卷，爲騰越李根源所刊。其序稱南村爲清愍公六世孫，自南村之後，即已凋零，無有存者，以爲天道，殆不可解。予覽之亦歎惋不置。吾邑先正，明代如毛給諫、傅忠壯，清代如錢通副，皆表表者，其後皆無聞，豈不惜哉。予既遇寇，返翠湖舊廬。一日，永安以南村所題《湯池圖》屬跋，予乃知永安爲孫氏嫡裔，於南村爲五世孫，於清愍公則十二世孫也，爲之大喜。知李序所云南村之後無存者，乃傳聞之誤。予爲南村同邑，後學永安又及吾門，而其家世，尚遲之又久而後知，則李序之誤，亦何足怪。今歲，永安出南村遺像屬題，予爲一絶云：『清愍孤忠史册光，南村紹迹有文章。而今瓜瓞方滋大，誰謂人琴已兩亡。』永安又出清愍之子所遺萬松草堂匾額屬跋，予嘉永安之拳拳於先人手澤也，爲撰草堂一聯以贈之。其文曰：『携老人諫草還鄉，料應賣藥囊中長留破盌；念先輩靈芝救世，好向撫松徑裏細檢遺書。』永安又丐予一言附《南村詩集》中，以正李序之誤。永安與根源皆予門下士也，平日未叙及家世，致有此誤。然根源之表章先正，與永安之纘承先澤，予固兩有取焉。他日根源見吾此跋，知清愍公之有後，乃即同學之永安，其必如吾之大喜可知矣。

辛酉冬十月，昆明陳榮昌書於洗心室

《南村詩集序》正誤

李印泉先生刻《南村詩集》，其序中有『後裔無存』一語，不免考證失實。安即南村五世孫也，吾家爲江南世族，明初隨沐國公入滇，遂留滇，數傳至道甫公，以名臣稱，事見《明史》。自道甫公七傳至南村公，以詩名著，今印泉所刻即其集也。清咸豐間，滇垣之變，二公手澤盡失，先祖母於倉皇避難中，僅携出南村公《行樂圖》一幅、誥封二軸，今尚藏于家。民國丙辰獲南村公所題《湯池圖》墨蹟一幅，其下欵則『古稀老人孫鵬題於萬松草堂』。此草堂匾額即道甫公之子歸滇後，經營藥業之堂名也，今亦藏於家。吾孫氏至今所售秘製丸散膏丹，即淵源於此。嗟呼！二公往矣，其手澤以變亂而消失矣，所賴史册猶存，詩集俱在，尚可追尋其遺韻。而吾子孫亦尚有匾額、圖像，足資世守，亦云幸矣。謹叙其概畧如此，以明南村公之有後，則印泉景仰前賢之心，應愈怡然深慰矣。

民國十年十月，裔孫永安謹識於省垣萬松草堂

孫南村先生詩集跋後

騰衝李君印泉刻昆明孫南村先生遺詩，竟以印本餉我，且屬綴言。余粗讀一過，曰《少華集》、曰《錦川集》、曰《松韶集》，凡三種都八卷，編詩自年三十至七十有二爲起止，四十年中踪跡略具。先生才氣高亮，記誦亦博，發爲韻語，大率佇興而成，故多性靈濬發之句，鮮精構完美之篇。而率易飣餖，檢點弗及，亦夥厠其間。有如韓子所云『才豪氣猛易語言，往往蛟螭雜蚯蚓』者。若爲之擷菁英，汰蕪穢，斯足以饜觀者。然此自操選家所有事，而印泉在軍，苦無暇，又印泉之言曰：『吾鄉先正遺著百不存一，幸而有所得，期先完存之，無使再佚。以俟夫能者之評隲抉擇，蓋不僅此集爲然。』嗟乎！斯則印泉用心之厚，非第謙抑而已，充是心也。其於網羅文獻，必有聞聲翕應者，余摩抄老眼，固將樂覩之，亦於是集焉，樂揭之。

共和紀元壬子十月，劍川後學趙藩書後

附録一：輯孫鵬詩文

春仲十三夜，徐南岡先生招同孫山長潛村、錢太史沛先、鈕文學半村、黄明府松坪諸詩伯，讌集官齋，即席限體

金坡學士爲召杜，萬丈文光照清署。海内詩人會於此，史奏天南德星聚。五雲飛處東閣開，香鑪茗椀淨芸臺。澢澢湖光寒潑眼，千巖萬壑亦齊來。此中大有珊瑚架，萬卷百城圍客座。老樹陰森遮緣天，梨花纔白海棠謝。蘭亭觴咏集羣賢，桃李園深宴春夜。此時不飲孤負春，此地無詩笑煞人。焉能酒醉詩復奇，驚天動地泣鬼神。太守走筆快如雲，且如公瑾飲人醕。不空北海座上罇，對此陽春美烟景。觚心不凸不成醺，醺時珠玉咳唾頻。潛村一嘯酌一斗，沉香䑥船時在手。白波飛捲醉談詩，詩不黄初不上口。半村先生非獨醒，胡一沾唇杯又停。衹要人間有詩聖，不知天上有酒星。風流仙令意獨造，每聆高談思雅操。紅友黄□亦所憐，不以酒名掩詩

好。沛先多因遇趨生，文章往往寒潭清。爲經爲譜儕王績，解醒復醒亦劉伶。下里巴人如我者，也上騷壇傾三雅。相如淹遲枚臯捷，金谷之罰幸寬赦。落落乾坤得數公，一日千載坐春風。便來招手呼明月，月兮解照人相逢。月欲圓時莫分散，痛飲狂歌應達旦。人生懽晤能幾回，小厄請以大巵换。

録自《滇南詩略》卷二十八

王褒論

漢兩司馬，及蜀人王子淵褒，皆以次使滇，皆文人。腐遷則有《西南夷傳》，長卿有《答盛覽論》賦一篇，褒所傳《祭金馬碧雞神》文，載在《漢書》。

夫褒，諫議大夫也，以五鳳三年，持節往求二神，遂有是文。顧竊有所不滿於褒者，宣帝夙好神仙之術，方士因以『益州金馬碧雞之神，可禱祀而致』，言於上，上惑之，乃遣褒。嘗攷之顔師古曰：『金形似馬，碧形似雞。』是言金碧之形，而非馬與雞也，何神之與有？無是神，則疏以止之可也，乃以一往塞其責，毋乃近於諛奉之爲。褒有諫議之責者，忍令吾君不民社之重，而日與方士從事虛無耶？借曰有是神也，神亦何能呵護於吾君哉？况世傳阿育王二子，一得金馬於滇之東，一得碧雞於滇之西，各主其山，死而爲神，則神亦蠻夷之子耳。以皇皇中國之君，撫有四海九州，其尊也至矣。褒不能輔之朝四夷，衛百靈，而代往求二山之神，是褒將屈至尊而禮蠻夷也。二子果聰明正直者耶？必笑褒愚矣。

當日益州刺史王襄，以褒所作《中和》《樂職》《宣布》之詩聞於上，且言褒有軼才。上徵褒至，褒作《聖主得賢臣頌》，其言運籌合上意，諫諍即見聽，進退得關其忠，任職得行其術，豈非以致君明聖爲期乎？又曰：『休徵自至，壽考無疆，雍容垂拱，永享萬年，何必偃仰屈伸若彭祖，煦噓呼吸如喬松，渺然絶俗離世哉？』明以宣帝好神仙，而從容風議，欲返其邪妄，歸於正道而止。蓋自始進，即思以此諫其君矣。奈何始終以文爲優戲，即《甘泉》及《洞簫頌》，爲太子喜，爲後宮貴人左右誦讀，奚爲焉？至此爲其君往求神，遠歷蠻道，轉無一言以諫止，如諫議何？何諛奉之爲也！是時蠻叛，漢使數閉嶲昆明，褒不能至其地，第就蜀巴郡醮祭，移文頌之，以此蠻不知褒來有求也。設竟至金馬碧雞二山下，蠻必知之，豈不輕量朝廷，而謂中國無人哉？

大抵褒功名之士也，以功名爲重者，多不復言氣節，此褒之所以不能諫也，抑負襄之薦引矣。即以文也，褒文固不能與兩司馬並稱，而此醮祭數言亦清麗，當與劉向、張子僑、華龍、柳褒等四子之文並傳。

古之論子淵者，或以爲才不勝學，或以爲辭長於理，讀醮祭移文亦講德論之侈，陳天符故薰心瑞應耳。南村責其不能切諫，而近於諛事之爲，極正大、極平允。

此論婉而多風，具有特識。耦唐汪庚識。

録自《滇南文略》卷十

滇中兵備要畧論

兵可百年不用，不可一日不備，而未雨綢繆，在山川之要害之處，尤當急爲之所。滇，古西南彝，於唐爲南詔，自古戰争，崇岡巀嵲，激澗縈紆。西北拒吐蕃，東北際黔巫，東南達桂交，西南扼緬甸。城郭人民，彝居十七，時恬則蟻聚，有事則獸奔，人自爲區，勢難統一。王公設險，於斯要矣。豈可一日不備哉？而備之之要，莫若先防外彝諸關口。滇有附滇而不爲滇有者，西之緬甸，東之交阯，儼然稱國，逼處南壤。而漢彝雜處之郡州縣外，尚有不爲滇有而仍爲滇有者，軍民宣慰使司六，宣撫司四，安撫司一，長官司二十一，編置於騰、永、景、蒙之外，至九十里之遥，顧車里、老撾，其東已與臨、元接。稍内，又有孟艮、孟定、鎮遠三府，孟璉、鈕兀二長官司，皆在元江、景東、順寗境内。其屬順寗者有三猛，曰猛緬、曰猛撒、曰猛猛，更與永昌相錯，又有灣甸、鎮康二土州，極西則茶山、里麻。大抵諸彝環繞，雖皆供賦以額，爲滇藩籬，然亦屈於威德，不敢不臣。究也據山立寨，假箐爲巢，稍有警動，即生異心，所立關口不可不整肅以防之。攷諸葛武鄉侯之南征也，大軍由越嶲入，李恢由平彝縣按道向益州部。隋史萬歲平爨翫，帥衆從越嶲進，經馬湖、番山，自蜻蛉川，過弄棟，次小勃弄、大勃弄，至於南中。元征西南彝、烏蠻、白蠻、鬼蠻諸國，命太弟、忽必烈專征分三道進，大將兀良合臺，帥西道兵，由晏當路，諸王抄合、也只烈帥東道兵由白蠻、太弟由中道，至滿陀城，留重輜，過大渡河，行山谷二千餘里，至金沙江。晏當路從葱嶺，即今麗江府；白蠻從四川，今曲靖府；中道從越嶲，今永北府。由此觀之，則麗江、曲靖、永北三口，皆昔日進兵之地，尤爲緊要，防之宜密。而陳軍門以緬數入犯，築八關於騰衝之邊，曰萬仞、曰神護、曰巨石、曰銅壁、曰鐵壁、曰虎踞、曰天馬、曰漢龍，每四關設一守備戍之。今尚嚴戍否？進交阯，古惟廣東、廣西二道，元明以來，始自雲南入。雲南道亦有三口，當何以戍守乎？抑更有説，中甸爲麗江門户，去西藏萬里，此亦不往，彼亦不來。山川險阻，聲息不通。四百餘年無烽烟之患者，正以險阻之路，人莫能測。後因逆藩將中甸割與吐蕃，麗江遂失其門户。近小醜澤旺跳梁，聖祖仁皇帝神畧廟算，命秦師由巴蜀蕩其前，滇師由中甸抵其後，蚩尤欃槍，一鼓可獲。然自禁旅凱旋以後，中甸至西藏，鳥道羊腸，將成康莊之孔道，我可以坦往，彼可以坦來，易招彼之窺伺。與三口更有不同者，今中甸既築城，城中須鎮以大將，以肘制西藏及吐蕃，而永北、鶴、麗、曲、尋，久鎮總兵官矣。其他臨元有鎮、開化有鎮、永順有鎮、楚姚有鎮、昭通有鎮、普洱有鎮，鎖鑰長城之寄，已塞羣醜覬覦之門。而各協又備設於廣南、廣西、元江、騰越、尋甸諸口之內，則彈壓之下，已立建瓴之勢，第干戈久息，關山之險阻多虞，谿谷之防維漸緩，保無有扼吭而長驅者乎？所當申畫郊圻，慎固封守，從地之紀以峻藩，簡人之良以制險，而苞桑始鞏於磐石。兵於此備矣乎？未也！

滇據金馬碧雞之勝，南北雖隘，東西最長。三標坐鎮於內，九鎮五協，犄角於外，官軍至五萬三千五百九十名之多，所以暢天威，整軍容者，已足壯六詔旌旗壁壘之色。况有警則各土酋之兵皆可調用乎？然吾聞唐府兵番上之制，無事則執耒以耕，有事則荷戈以戰，猶存古寓兵于農之意。宋有廂兵，即有鄉兵。廂兵者，諸郡之鎮兵也；鄉兵者，士民團練之兵也。如河東陝西有弓箭手，麟州有義勇之類是也。李德裕爲劍南西川節度，建籌邊樓，率户三百取一人，使習兵焉，緩則治農，急則荷戈，時人謂之雄邊子弟，仲威南詔。滇至今有兵快之目，有民壯之名，有守城軍之制，而事已廢弛，請於正軍之外，郡州縣之内，鳩集鄉間之勇者，蠲其徭租，給以弓刀，令管轄佐貳官督帥，於業農桑之暇，時時團練，嫺以伍兩卒旅之規，以備有事驅用。則民間既無遊閒流爲盜賊之人，而國家亦得收精兵之用。然則鄉兵也，豈不與正軍相表裏哉？且也！

兵之所恃在器，而器之所用貴精。鼂錯曰：『兵不堅利，與空手同；甲不堅密，與袒裼同；弩不能以及遠，與短兵同。』又曰：『器械不利，以其卒與敵也。』秦人銷兵鏑而武備盡弛，滇産金、銀、銅、鐵、鉛，以及硝黄之物，所以爲軍器之用者，無所不有，不必取給於他省。而軍器卒不備，備亦不能精。其故何也？一則制具日久，豈無缺壞，未見遣官造補。一則滇工匠原拙，所造不精。古者軍器，有監、有庫、有作院。弓曰神臂、曰床子，弩曰九牛、曰八牛，箭曰八陣、曰減指，刀名斬馬，鞍名邊樣，甲名偏挨，皆能精至。近世一變而爲火器，有鳥銃，有西洋子母大砲銃，數裝換點放，極其便捷，敵發一矢在三十步之内，我發一銃在二百步之外，未及交戰，先殲其大半矣。及至近前，我之弓、矢、劍、刀，又足以制之。炮火一發，轟地震天，敵早盡於數里之外，有未盡者，冲冒前來，而鎗、刀、弓、弩、毒箭之可恃復然。邊方城野，若留心兵器、火器，修造備置，一一如法，雖敵兵數萬，不足懼也。請查滇省見儲軍器，計軍分給，而藏其餘者，於官若干，分給則各知愛護，藏餘則應用不窮。所給者或壞，則計年告换；所藏者或損，則挨年漸修。又於每歲軍局所造，必揀選良工，如昔人請甲人於安定，弓人於河中，弩人於浙西之類，減其數而責其精，有不堪用則罪其主者。如是則軍器皆精而可用也。軍器既備，則戰陣之法，不可不熟習於平日。

李白曰：『平沙淺草，千里在目。土不成邛，水不成谷。』馬肥人輕，往來電駭，此非南軍之所長也。山林險扼，草木蓊鬱，江流呑天，巨浪時起，行人疑惑，飛鳥不能渡，徒走相搏，短兵相擊，此非北軍之所長也。夫然而論兵於滇與論兵於他省不同，可知也。滇高山而險巇，無百里之平川，即諸蠻夷之所恃者，亦以山林川澤，寄倚草伏木之威耳，其外來者無論也，即此叛服無常之蠻，萬一多故，其何以應。夫用兵之道，雖不可執一而論，然如山深道險，馬不得並列，人不得連肩，恐敵人伏兵險路，或拓我前，或衝我中，或斷我後，雖有哨兵探馬，一時搜索不到，敵出我不意，或哨兵探馬，誤闖入敵人伏兵之中，爲其所陷，不及報我，我冒然而進，與敵相遇一線之路，彼以有備，待我無備。當此險山之要，首尾難援，百步之間，前後莫救，豈容不先爲之防？惟用連珠倒捲之法，如飛天蜈蚣之勢，敵來攻我中，則兩山出兵夾攻之。彼攻在左之營，則右營出馬爲援；彼攻右營，則左營出兵爲援。彼退則我攝其後，後營復如噴珠而出，又相連布營，更番迭戰，敵勞我逸，則敵人欲來前面攻我，勢不能矣。設斷我後，則以退爲進，後哨作前哨，倒捲而回，敵亦難以邀截。倘遇大江關隘之地，我必先留兵把守，豈肯輕進，使無歸路之理？考古證今，谷戰行營，斷無有過於此者。滇之將軍，其數講此而訓練之乎？若夫常山蛇之勢，八陣圖之制，六花陣之號，亦不可不知，而滇之精此者何人也？

馬謖之語武侯曰：『南中恃其險遠，今日破之，明日復反。用兵之道，攻心爲上，攻城爲下；心戰爲上，兵戰爲下。願公服其心而已。』夫服蠻彝之心，不能以不戰而服也。請即以武侯之南征，爲戰守之程可也。《尉繚子》曰：『使什伍如親戚，卒伯如朋友，止如堵墻，動如風雨，車不結轍，士不旋踵，此本戰之道也。』必如是而兵始謂之備？不然，徒有其器械與規模，何益之有？以是而西問罪於緬甸，東責貢于交阯，威加七十二城諸甸，八百媳婦諸國，地扼其險，人握其樞，按雉堞，規犬牙，謷烽燧，制勝朝廷，威傳絶域，將集風雨勞臣之畧，而使海隅日出，皆稟朔獻琛也，兵豈可一日不備哉？

侃侃而談，詳密浩瀚，絶非書生隅見。韓擒虎每與其甥李衛公言兵，輒歎曰：『可與論孫吴，非斯人而誰？』

録自《滇南文略》卷十

答某翰林書

兩以書瀆箴，毋乃迂甚，然足下以骨月待僕，僕敢泛愛及之？足下才地俱高，相期在千古，不在一時。前見爲時文，取料甚夥，近數年芟落浮詞，字字真切。如甲子擬墨首作，是僕所不能爲也。文之善變如此，豈非天才，而詩則未變。

詩，聲音之道，與文不同，以氣味爲高，以體格爲貴。常有字句甚工，而卒不可語於詩者，氣體卑也。太白之高，高在氣味；少陵之貴，貴在體格。詩之源流，不可不知；詩之法度，不可不講；詩之宗派，不可不分；詩之取材，不可不慎。唐詩以情勝，宋詩以氣勝，氣之不如情也，審矣。太白云：『大雅久不作，吾衰竟誰陳。』開口即以大雅自命。大雅者，正始之音也，豈徒以詞？即以詞，亦必擇其言尤雅者。《十三經》尚矣，次亦必取諸子、史，他無可採。譚友夏庸庸無足論，鍾伯敬才氣横絶，然以尖新爲宗旨，亦非正派。李空同拾人餘唾，不能自吐心得。李于鱗貌爲唐詩，而其中亦無有物。作詩不得其路，愈作而愈不成。少陵云：『晚節漸於詩律細。』滇之詩律失傳久矣。

君詩有料而無法，想入門未經指授，以聰明自爲，鋪張成局，人亦道好，遂不復進以深研。請於杜集中細細求之，其法自在。又讀古人書，須從無字句處直取精髓，徒醉其糟粕，何益？且古體之法，更難於近體，此《談龍集》之所以出也。前言條貫者，亦因其病而藥之，非謂一條貫足以盡詩也，亦有條貫而非詩者。月槎先生詩筆似平，而詩之講究備知，不盡言者，何故也？僕老矣，日就荒瞶，不能窺見古人閫奥，竊聞諸大人先生者，其略如此。『以氣味體格取詩』，又云『氣勝不如情勝』『須從無字句處直取精髓』語，語透宗然。將空同、于鱗一概抹倒，亦未免苛刻也。

録自《滇南文略》卷十一

李南山遺稿序按，南山名如玉，南甯人，康熙戊子舉人。

吾友曲州李南山，閉户著書，鬱鬱以老，將没之日，以詩古文若干卷，屬其子生夫，且命曰：『知我者鐵山也，往求序焉。』笥之。是時予客都門，未歸也，已而歸，歸未彌月，生夫抱零星諸遺稿來，予撫之，淚盈盈下，復謂生夫曰：『慎藏之，勿散佚。』余偶不暇也，暇報命，遲之又久，仍無以報。一夕假寐五華山草廬中，夢南山方袍大袖，揖予而坐於堂，相與論新安夫子詩，懽若疇昔，正欲命酒而覺。空堂無人，明月在天，窗間梅影，横斜可愛，而予方據匡床卧也。急披衣起，呼燈作序。序曰：

南山與予同事新安夫子〔一〕，夫子平生殫精竭慮，寢食於詩古文詞，能於開元大歷十餘公之間，落落自成一家。古文酷學柳州，亦有時得意疾書，突入昌黎之室。其教門人詩也，尤嚴學唐學宋之界，辨之真確，於古文頗廣其説。予謂夫子詩學盛唐，古文學晚唐，二者皆唐之精，可傳世。南山之古文，似亦學晚唐，而詩則不能盛唐，當在晚唐與宋間，要之言均藹如，均善學夫子者也。雖然，南山豈徒以詩古文名家者哉？其家先生拾園老人，讀書高尚，以聖賢爲步趨，南山率之惟謹，人品高矣。夫人以品貴，詩若古文，亦以品貴，未有人品不高，而詩品、文品能高者。有南山之人品，即有南山之詩品、文品，號曰『詩人』也、『文人』也，奚不可之有？非得新安教不至此，而終有不同於詩人之詩，文人之文者。南山九泉矣，所遺不盈一尺之集，已非復有靈之物也，而仁人孝子之神與其氣，恍惚於殘墨敗楮之外，來往於淺深開闔縱横變化之餘，忽而使人歌，忽而使人泣。噫！此躍躍欲從字裏行間出者，是何物哉？其不同有以也。昔丙申歲，南山館昆明署，適善病，予數往視之，見藥裹，時時關心，而硯田卒不輟耕。方考訂廿四孝之人與事跡，而紀以詩，稿成即見示，復携時政條議過商。余勞之曰：『君終日營營者，不爲忠孝大節，即爲民生疾苦，何勤也！』言猶在耳，宛如昨日，回憶握手道故，酒酣耳熱，呼大盞重飲，已成大夢矣。幸也得讀其詩古文，集中所載，詩亦無多，始意以夫子力絶宋派，或不可違，而南山亦云庭教九載，屏去帖括，專事古文，則所自喜亦在古文，而不在詩，欲去詩存古文。繼諷讀再四，言言至性，亦真亦婉，宋也而仍唐，不可廢。生夫其慎藏之，勿使蠹焉。他日稍有力，即付之梓人，與海内共見。斯肖子也，勉哉！

中一段神流氣溢，字字活現。從古不朽傳文大都如此，非善讀古人書者不能道出。

録自《滇南文略》卷二十一

【校記】

〔一〕原文脱『安』『夫』二字，據文意補。

送魏龍山之官大理提標序

大理自古用兵之地，金江滄江鎖其外，龍首龍尾關其内，倚十九峰以爲城，俛西洱河以爲池。昔人題云：『此水可當兵十萬，昔人空有客三千。』可以見其形勝矣。其爲地，廣袤不過六七百里，北近吐蕃，而門户固於鶴、麗；西通緬甸，而藩籬衛於永、騰，豈非山川要害之區哉！兵家之有事於滇者，必先争大理。昔諸葛忠武侯稔此，渡瀘抵越嶲地，遂駐師白崖，而諸蠻次第就擒，誠以奪其天險也。至今營壘之在天威徑者，歷歷可指數，則此郡之不可不彈壓以重兵也，明甚。於是有提標，即有城守一營，復有馬步戰兵五營，兵至四千八百之多。自參將以下，官至四十八員之備，而總統轄於軍門提督。重兵重臣，定爲經制，固已。龍山奉皇帝命，充右營遊擊，將之任，予與龍山周旋久，不可無以言以贈。

夫葉榆距省會八百九十里，龍山此行，至營視事，聯其伍兩卒旅之情，習其九地九變之節，職在則然。吾知龍山固優爲之，然而古之爲大將者，皆具有大學問、大見識、大作用。握其機於旌旗壁壘之外，營一郡而天下之形勢盡在其胷臆。所謂運籌幃幄，決勝千里者，不僅循故事已也。龍山夙負才畧，好談兵，其亦知『兵者，凶器，聖人不得已而用之』，與夫王公設險以保其國，而險亦不可盡恃乎。以往事而論，大理自武侯底定後，變亂不一。迄唐中業，蒙詔皮羅閣，虎噬五詔，數叛唐，致勤中國遠伐，鮮于仲通、李宓先後喪師數十萬，不能破，果恃天險乎哉？抑亦以中國之制之者失其道故也。由是而趙、鄭、楊、段四姓，因中國亂，相繼竊據。宋人畫大渡河，以畀段氏，奄有茲土，且三百餘年，如以爲天險也，則何以元兵一鼓得之。迨明傅潁川侯平滇，分三道進攻。一由洱水東驅上關；一由石門間道繞出蒼山後，立旗幟；一從趙州斬關直入。遂拔其城，擒段世並段寶二孫，所謂天險者又安在？是豈非得道在中國，元、明遠勝於唐之驗哉？龍山果鏡於前，則於兵法得過半矣。抑吾猶聞龍山能學戚少保鴛鴦陣，夫戚元敬武毅通儒也，治兵紀律嚴明，學之良是。但鴛鴦陣法用于浙、閩，破倭如破竹，其在薊鎮，築牆堡，立車營，則又別有布置，非以一鴛鴦陣爲刻板，到處印刷也，曷亦即其在薊《練兵實紀》一書講辨之耶？憶昔尊人總鎮公，每帥師凱歸，輒爲予道其所以經，且曰：『此事須諳天文，熟地利，不泥成法，斯有出奇制勝之用。韓淮陰之背水囊沙，豈有所師承者？』予聞而誌之，過庭之訓，是所熟書者也，奚必捨而之他爲。若夫蒼洱之勝覽，所在多有，公餘時一登眺，考武侯、潁川之遺蹟，弔天寶戰士塚。感歎流連，發其清興，亦儒將風流雅趣。昔總鎮公每於此處把酒題詩，而詩亦佳，知龍山必不負此山水也。

就地志、兵謀、往事引伸觸類，以進規箴，其望龍山良厚。君子之愛人以德也，文亦雄儁非常。

録自《滇南文略》卷二十一

徐雲客先生詩序

昆明郭仲炳先生，抱經濟才，於世無所遇，隱於滇池，以舟爲屋，葭菼深處，引酒長吟。著有《舟屋詩集》，至今餘韻零落碧雞金馬間，言詩者必推郭隱士云。雲客先生，生長滇池之涯，於書無所不讀，爲時文甚工，而困於場屋者數十年，抑塞之氣，往往發洩於詩。其登臨懷古也，則多蒼涼悲壯之詞；其賦物詠懷也，則有幽憂悄麗之思；其往來贈答也，則又沉鬱頓挫，纏綿悱惻。不自知其意氣之深者，短律長歌，一唱三歎，雖不與舟屋同一格，而皆藴釀於唐賢者也。乃詩益工而家益貧，説者謂窮而後工也，於是先生挾夙所抱負，出而爲用於當時，竟客達官，彈鋏之餘，輒吟哦不絶口。居毋何，病目久不瘥，自此謝交遊。鍵户養疴，老屋三間，日夕坐卧，惟老友張集庭、朱子眉、范弗如、徐德操、楊又仁輩，時時過從，作爲詩歌以相娱樂，詩成，屬人代書之。亦時令人側誦古名家詩，或諸子百家氏之書，傾耳味之，至燈灺燭跋而止。以此閉目三十六年，而學益博，而詩益工，與舟屋之在滇池，一二老漁爲侶，刻苦吟詩，必爲可傳之句者，將毋同，而閉目則較難。以吾論之，先生當爲後勁，尤語言妙天下乎。庚子春，先生手童子肩，踉蹌過予，曰：『昨友人誦君數詩，心焉折服，來以訂交。』袖中出紈扇一遺予，則見贈之作，而令子曉村所書也。予以先生老名宿，請執弟子禮，先生不可，爰爲忘年交。每花神月夜，必呼予飲酒，醉必成詩。予方搆思，先生一低頭立就，口授書者，不易一字。戊申，予謁選都門，將别先生去，先生置酒，祖予於堂，歌《遠别離》之曲，茫茫百感，魂黯然其欲銷。彈指間忽忽十五年，俯仰今昔，聚散死生，邈若山河，郗歔乎哉！繼曉村來謂予曰：『先人一生辛苦，祇留詩數卷在篋衍中，敢不勉鋟諸板，素與先人交之篤而知之切者，莫若先生，請爲文以序之。』予因回思，抱疾世外，已極人所不堪，而先生轉以閒歲月，得優遊風雅，成不朽之業，則天之矇先生，未必非天之淬礪先生也。山川生色，後先輝映，舟屋其不孤乎。若鵬半世居諸，盡拋棄於車轍馬蹏之下，憂患日多，讀書日少。雖兩目炯炯，而愀然失志，學日就荒，且對流水高山而滋戚也。其何能知先生之詩之大哉？然憶先生疇昔之爲予言者曰：『少與友人馬君常同學詩，其詩化臭腐而烟雲，佳甚，以後人不振，詩稿與人琴俱亡。』言之太息，然則後人不振，而湮没其父祖之著述者，豈少也哉？如曉村可謂賢矣，予是以感而序焉。而謂三百年來昆明復有詩云。

雲客名翔鵾，今著作零落，僅從《别裁集》録其《普安道中》七律一，刻入《滇詩略》，讀此序，益增惘然。

録自《滇南文略》卷二十一

鎮沅雙澤泉記

雙澤泉，在新建石城之東門内，去郡署數十武，湛然一泓鏡山之坳，而活活云。郡易土而流官，自雍正五年始，其時有土牆自山頂圍下，半圮，無所謂石城，且無水飲。城以内人飲者，必出城走一二里，就河掬之，或以杓側承而起，注於木桶，擔之來家，去來不絶於路。先是城基甫定，偶與李公資園，登眺其巔，慨然有感於曩劫。因論兵家攻守之道，至耿伯宗以戊己校尉，引兵據疏勒城，爲匈奴所困，絶其水源，未嘗不危伯宗之窮於支敵也。若非整衣一拜，則飛泉何在，其城不爲敵人立破者幾希。李公曰：『窅漠之際，其理不可測，其説不可執爲常，幸而精誠可通，已絶之水源，隨念而轉，若握在手然，萬一天道茫茫，感而不應，應或不如此之速，城中豈能十日不水與敵人相持哉？此地即可城，如無水何？捨此又無可城之地。』余曰：『城之哉，姑徐以計泉，而資園司馬，亦若逆知泉之不難得也。』惟城之是急，工未竣，郡太守易齋張公來受代，既始議建城者也。計歲已一周，而灰石磚瓦工匠之營僅過半，方斤斤督工，不遑暇逸，一日忽指苦竹叢下曰：『掘此是泉。』即有止之者，曰：『此爲土守故宅，一片瓦礫，且多大石橫亘其下，奚以鑿爲？』李公不謂然。井之，不數尺深已若牛涔，更深至數丈，得其源，涓涓出不止，淵然而深，澄然而碧。時時汲，滉漾不少減，不汲亦不溢，其味甘，其氣清冽，自是城中不復擔河水。嗟乎！城工，人力可爲者也，泉豈人力也哉？泉若爲此城出者，天秘此不竭之源，以待李公揭於今日不偶也。李公曰：『得泉之日，爲張公到郡之七日，其與渭川之飛泉，隨刺史馬足湧出者無以異，是爲張公之泉。』張公曰：『李公之所得者也，其誠於求泉亦已久矣。吾與兵若民俱德之，請爲亭其上，而以李公名。』二公推讓久之，余因題曰『雙澤泉』，二公相視而笑，屬余爲文記之。

得泉其事大奇，『雙澤』其名絶佳，文亦明淨。

録自《滇南文略》卷二十九

卯觀成傳

卯觀成者，昭通禁卒也。父漢人，娶夷婦，家於夷。今平夷，置郡縣，觀成爲恩安人。父以烏蒙之亂死，母被掠，鬻於威寧耿家屯，爲耿家婢。觀成年十九，亂定無所依，遂充禁卒。其舅氏亦同縣，復農業。先是父母爲觀成聘灑雨河某家女，未歸，舅氏爲觀成迎而妻之。觀成以舅氏命，不敢違，出而泣曰：『吾母爲人婢，不能歸養，忍有家室乎？』於是同室不與婚者三年。事聞於舅氏，舅責之，不從也。有詢之者，乃告曰：『吾非不欲婚也，行將嫁吾未婚之妻，取所直歸吾母。與之婚，情不能割，義不可出也。』言竟復淚下。予詔而反覆詰之，得其事甚詳，爲文募於在郡之士大夫，得金六十，以三十金歸其母，三十金爲營廬舍成婚，仍爲禁卒，以養其母。

論曰：自古忠臣孝子，多出亂離之際，使觀成不值喪亂，子母散失，即克供子職，何至因母棄妻，感動一郡哉？夫以夷地一禁卒，而孺慕之誠於萬難兩全之時，纏綿無已如此，其孟子所謂親親長長，不學而能者歟。

爲文募金以成觀成之孝，南村義舉尤不可及，文亦老潔可傳。

録自《滇南文略》卷三十四

贈光禄寺卿楊公以成傳

公諱以成，字太和，元忠臣普魯海牙八世孫，而古泉公諱鳴鸞之子也。海牙公生於蒙古，仕元，官至武德將軍，大理路總管，移駐路南。洪武初死國難，贈開里伯，子泰隱居不仕，易姓爲楊，遂爲路南人。八傳至公，天性孝友。古泉公患瘡，痛甚，公不避臭穢，親爲吮膿，疾遂愈。既由選貢，特授貴陽府畢烏通判。時水藺交争，霑烏搆釁，公多方調劑，皆得平復。隨以助征兩江都、順監紀、定廣洪邊軍功，陞本鎮同知。九薦欽賞，兩任奏績。當是時，蜀中土酋奢崇明叛，水西安邦彦起兵應之，黔撫王三善爲賊所殺，賊勢張甚。公預料賊謀，先鳴當道，訓兵利械，偵守隄防。既而邦彦計誘巡按至畢，監軍欲於中路成擒，公聞之，力言不可往，賊謀乃沮。天啟二年正月二十七日，賊目張紳率兵數萬，兩攻畢節，公奮勇督兵殺賊，生擒其黨徐黑乍，賊畏且恨。既退，復糾衆乘夜攻城，城將陷，公密遣親信人將印間道馳送司署，乃集衆歃血，誓必滅賊，不滅，誓以身殉。衆皆泣下，願同死。守至夜，賊攻城益急，城外援師潛遁，城中奸人内應，城遂陷。公入府署，正襟自縊，曰：『臣力竭矣，願爲厲鬼報國。』賊入府署，見公縊，急解下。少頃，氣復甦。賊好語公曰：『好男子，從我，當不失富貴。』公大怒，罵賊。賊大怒，執公去，家屬楊定等遇害者一十三人。公在賊中，瞯其間密，修書五紙置竹筒中，遣弟以榮潛出賊營，至滇求援，並糾合猪埸屯等及歸義漢兵，連環協剿，至散納溪被執。賊收得書，大怒，遂殺以榮，隨磔公於火掌宅溪。公子振南、起南、興南、冠南、道南等聞之，哀痛不已，捐資募兵，兩次裹糧赴黔剿賊，多有戰功。天啟四年，事聞詔，賜祭一壇，贈按察司僉事。天啟七年，振南兄弟連名具疏伏闕，援例請邺。詔賜葬祭、建祠坊，如例廕一子錦衣衛正千户，楊以榮、楊定等並得附祀。崇禎四年，上遣官諭，祭文載家乘。

公居鄉仁惠，如買棺掩骨、散粟濟貧等事，鄉黨至今稱之。以其事不關於邦國，故不贅敘。其後，振南以歲貢選安莊訓導，陞陜西紫陽縣令。起南登萬曆癸卯鄉科。興南登天啟辛酉鄉科，選浙江湯溪縣令。冠南以選貢任四川巴縣令，陞敘州府同知。道南以廩生終。長孫琛，以庠生廕襲錦衣衛正千户加指揮使。至今子孫科甲益盛，人皆以爲忠義之報云。

録自《滇文叢録》卷六十四

附録二：輯孫繼魯詩文

李根源鈔輯

温泉偶浴

指點淵源碧溜清，火珠誰教付波臣。始分靈竅三冬暖，常住離精一脈真。冷面甯趨巖罅熱，冰心獨解玉壺春。何當共説驪山好，今古溶溶不染塵。

録自《滇南詩略》卷六

春日登螺峯

亂石嶙峋異，尋深曲徑通。藏蛟陰吐氣，蹲虎晝吟風。人自半空下，峯由百轉中。星羅千萬户，俯瞰夕陽紅。

録自康熙《雲南府志》卷二十二

習杜祠堂記

余校士襄陽，望隆中，慕諸葛孔明爲人。怪陳壽以父子私憾劉氏君臣，故志三國帝魏，其餘袷祭，高帝以下，昭穆制度，湮滅弗書，不與昭烈紹漢統，而僞孔明焉耳矣！因攷習鑿齒《漢晉春秋》，起漢光，終晉愍，以蜀正魏篡，漢亡晉興，心特壯之。及攷杜甫詩，於先主、孔明，往往推而尊之，形於遺祠故廟之所賦咏，若曰『窺吴』、曰『幸三峽』、曰『崩年』、曰『永安宫』、曰『翠華』、曰『玉殿』、曰『丞相』、曰『宗臣』、曰『見伊吕』、曰『失蕭曹』、曰『三顧頻煩』、曰『兩朝開濟』，則帝昭烈，佐孔明，視習先後一轍。即漢氏居正統，不待綱目後明也，翊王風而扶世教多矣。嘗求其故，則習、杜皆襄陽人。齒以史名晉，爲能裁正桓温；而甫以詩名唐，則忠愛君國。又齒之博雅，自少已然；甫之屬辭，乃自七齡。大抵天性略同。夫齒能裁正桓温，則心晉，心晉則帝漢，帝漢則篡魏，誚温非望，在於史。甫能忠愛君國，則心唐，心唐則刺安，刺安則誅史，在於詩。其於昭烈、孔明，史以正之，詩以美之，則君父之道著見。奸雄如魏，既成尚誅，況如温之蓄非望，如安、如史之賊且亂者，天誅其能逭乎？則二公之史、之詩，誠深遠矣。

石南憲副江公，有見乎此，雅尚二公，即峴首習池祀之，報功風教也。祠成，公參浙藩政，屬襄陽知府張君裕、通判萬烱、推官蕭瑞鳳，徵余記其大節如彼。若夫習、杜世家，齒、甫定事，暨峴首習池佳勝，與祠之規制，則翰墨焕然，可述不可磨者，今皆不記。公名滙，字巨之，江西進賢人，丙戌進士。

此先清愍提學湖廣時作也。先清愍學博才高，作爲詩古文詞雄古遒勁，迥絶逕蹊，爲楊升庵、張禺山、楊宏山、王鈍菴、李中溪諸名公所屈服，著有《松山文集》《飦碗集》〔一〕。以叠經兵火，隻字無有，偶於他書得此，急録之以存先澤。六世孫鵬謹記。

根源按，鵬，字圖南，號南村，康熙戊子舉人，官泗水縣知縣。

李根源鈔輯

録自《滇南文略》卷二十八

【校記】

〔一〕此疑爲《破碗集》。

《望雲卷》序

松山子曰：『予讀朱方茅《紀》、郭菊野《勞辛本末》，惆悵良久，及見《報春》《望雲卷》，乃思彰其願焉。』適雲中多事，主上北顧，靡寧時。予竭狗馬轉餉及兵，而文墨未遑也。

迨出守鄘城，携卷以隨。每循行，望太行、洪河之勝，入牧墅弔於王子，乃誦孔氏銅盤之銘。方將序茲卷時，菊野子今别駕大粱矣，不可已也。夫菊野《望雲》竟成，厥志實在朱方茅所《紀》中。噫！悲矣！悲矣！茲菊野所以昌歟！嚮使菊野《報春》《望雲》雅志不堅，則先君子旅櫬朽腐長淮，而諸散忘，懿親咸溝壑矣，豈不痛哉？初菊野往來燕臺，爲予道長淮故事，殊可驚。泊舟少頃，登岸暫游，即動情不克禁，乃遇長老，若相知。備陳先君子不起之由，權厝之。所及諸懿親散忘，踪跡皆歷歷可指。遂使數年奔走艱難，一旦忽焉如夢也，差毫釐則長淮之事不聞矣。夫長淮之事不聞，則解纜浮江，道浙入閩，與疇昔巴賨蜀涪之訪弗異。又將呼天灑淚，遵彭蠡洞庭而南矣。此其事今良奇哉！殆天所以開之歟？卒之旅櫬，反于首丘，先君子瞑目地下，南中至今美談。諸懿親之散且亡者，收拾歸之蒙城，至今感激肉骨焉。君子謂菊野能畢大事矣。夫孝也者，志以成之也。夫志以成孝，孝以移忠，忠以揚名，名以顯親，古之通道也。故充斯志以往，則菊野陶鑄勳庸，光昭前人，施於來葉，又何可勝道哉，又何可勝道哉！

録自《滇文叢録》卷廿一

送李簡齋分教蘄州序

我主上統馭七年之夏，蒙化李簡齋拜蘄司訓，辭於里人松岡子，曰：『蘄，文獻地也，吾將之彼，要領可得聞乎？』松岡子曰：『模範而已也。』曰：『若之何，則可以模範矣？』曰：『有道焉。』曰：『敢問其道何也？』曰：『模範自我，模之，範之，莫之能違也。』曰：『若不敏者，可以模範乎哉？』曰：『已見其綽綽也。』曰：『何據見吾綽綽也？』曰：『予聞之官如矢。』曰：『簡齋存心近古，又克温恭，朝夕儼恪，載事爲雷柱下史攸重，有諸？』曰：『有之。』曰：『是足以模範矣。』曰：『雷柱史，吾所畏者，夢未可傳心，蒞莆而振古，按淮而易俗，君子之大雅者，不敏齒于雷公，幸也。』曰：『善，簡齋之謙焉，《詩》云：「吉甫燕喜，既多受祉。」友，故美吉甫，舉張仲；舉張仲，吉甫賢，愈光也。予因知雷柱史之重簡齋也。相契以情亦多矣，簡齋苟力行之。柱史之政，司訓之教，何以異於隔千里而合符節哉？然而不模不範者，未之有也，簡齋請念于斯。』

録自《滇文叢録》卷廿一

傳

直隸龎塏撰

孫繼魯，字道甫，號松山，雲南右衛人。嘉靖癸未進士，初選澧州知州，以事改國子監助教，歷陞户部郎中，外簡衛輝府知府，復調淮安府中官。某奉命織造，過淮，大作威福，繼魯抗不爲屈，遂誣構械，逮赴京，時夏言方執政，力持之，其事得解。或勸繼魯詣夏謝，繼魯不從，然而所遇非霍諝也，卒以此銜之，調黎平府。黎平多苗，苗性頑，輕殺，易爲亂，控御少失宜，往往激變。繼魯示以威嚴，結以恩信，境内帖服，苗人愛戴。靖州守將歎曰：『徒遷邊將，設守兵，不如得良二千石』。屢陞湖廣提學道副使、山西冀南道參政、山西按察使。方其分守冀南，境内多宗藩，武斷難治，繼魯峻持，概不寬貸，宗藩側目。及其升按察使，方出境，宗藩百餘人要於路，冀出私物以爲挾，發其裝，惟敝衣舊履，古圖書籍而已。咸歎息曰：『我高皇祖登位迄今百七十餘年，罕見此官。』更載酒追餞而去。抵任，持法益堅，明允大著，晉中士民自以爲不寃，羣有『孫青天』之謡。兩臺交薦，擢授陜西右布政使，旋擢都察院右副都御史，巡撫山西，會有西北邊警，繼魯曰：『虜性犬羊，反覆出入無常，宜主進勦，以絶根株，非獨徒守宣府大同，遂冀其無後患也。』於是籌戰守之議十六條，與總督萬翁達不合，交疏争論，執政以前故特左，翁下繼魯詔獄。御史楊爵者，先以言忤旨，在獄中，兩人意氣甚相得，終日相對作詩。繼魯詩云：『憂國憂民意自深，諫章一上泪沾襟。男兒至死心無愧，留取芳名照古今。』爵亦有『勸君努力加飡飯，浩蕩乾坤在兩肩』之句。獄無楮，以破碗書壁，因號《破碗集》。讀書不輟，時人哀之。朝臣知繼魯者，願以百口直之，不得。晉中宗藩亦抗章救辯，即前發裝肆挾者，執政意堅，弗能解。疽發項，卒，晉民赴京哭之者甚衆。隆慶改元，言官疏其寃，請恤典制，可，乃贈繼魯兵部侍郎，謚『清愍』，蔭一子。子葬祭，製文諭祭，其略曰：刻意操持，有皎然不污之節；矢心樹立，有毅然不屈之貞。賢聲每著於在官，清望雅歸於輿論。特以籌邊之議，恥於苟同；乃來文致之辭，陷於重譴。式嘉素履，特介新恩云。

録自《明滇南五名臣遺集》

按，公墓在雲南省城西北門外一里許，虹山之麓，碑碣宛然，其墓額爲『褒忠景哲』。其聯語爲：『褒揚忠節天花燦，景仰哲人宿草深。』墓之側即逆藩吴三桂之野園，陳圓圓梳妝臺之故址在焉。根源附注。